名家小写文集

淡淡的桂香等你来

杨罗先 —— 著

北京联合出版公司
Beijing United Publishing Co.,Ltd.

图书在版编目（CIP）数据

淡淡的桂香等你来 / 杨罗先著 . -- 北京 : 北京联合出版公司 , 2024. 8. -- (名家小写文集). -- ISBN 978-7-5596-7902-4

Ⅰ . I267

中国国家版本馆 CIP 数据核字第 20242WH567 号

淡淡的桂香等你来

作　　者：杨罗先
主　　编：张海君
出 品 人：赵红仕
出版监制：张晓冬
责任编辑：徐　樟
特约编辑：和庚方　张　颖
封面设计：立丰天

北京联合出版公司出版
（北京市西城区德外大街 83 号楼 9 层　　100088）
三河市同力彩印有限公司印刷　新华书店经销
字数 260 千字　710 毫米 × 1000 毫米　1/16　13 印张
2024 年 8 月第 1 版　2024 年 8 月第 1 次印刷
ISBN 978-7-5596-7902-4
定价：65.00 元

目　录

故乡的风 …………………………………………… 001

乡村的黄昏 ……………………………………… 003

白马湖之恋 ……………………………………… 005

冬夜听雨 …………………………………………… 008

兄弟围炉 …………………………………………… 010

资江，你是我今生来世的情人 ……………… 012

相约龙洞 …………………………………………… 014

你是我梦中最美丽的回忆 …………………… 017

山城，绿色的秋天 ……………………………… 020

张谷英村，一部凝固的史诗 ………………… 022

第一场雪 …………………………………………… 025

相逢是首诗 ……………………………………… 026

散步偶得 …………………………………………… 028

情醉北山山水 …………………………………… 029

千年神韵上甘棠 ………………………………… 031

三月的阳光 ……………………………………… 034

芦山，我想对你说 ……………………………… 036

赛里木湖 …………………………………………… 039

田间，裸露的冬阳 ……………………………… 041

柳絮纷飞 ………………………………………… 042

聚散，都是你我的故事 ………………………… 044

风，掠过江面 …………………………………… 046

飞行的高度 ……………………………………… 047

芙蓉花开 ………………………………………… 048

麓山红枫 ………………………………………… 049

阅江楼 …………………………………………… 050

橘子洲 …………………………………………… 051

风，吹过西湖 …………………………………… 053

又到银川 ………………………………………… 055

春城路上的桃子熟了 …………………………… 057

静静地品味大地零食 …………………………… 059

楼上楼下 ………………………………………… 061

故乡的枣林 ……………………………………… 063

为自己留一片清纯 ……………………………… 064

病房札记 ………………………………………… 066

那一双手 ………………………………………… 068

用一辈子去忘记 ………………………………… 069

沩江，一条流淌着诗性的河流 ………………… 071

诗也关山情也关山 ……………………………… 074

任弼时故居遐思 ………………………………… 077

樟树坡札记 ……………………………………… 080

走进香山冲 ……………………………………… 082

南太湖，我想对你说 …………………………… 084

黄材水库遐思 …………………………………… 086

我们一起走过 …………………………………… 088

怀念江堤 ………………………………………… 090

好想写诗 …………………………………… 092

故乡，那一抹冬日暖阳 …………………… 094

不与秋天说再见 …………………………… 097

享受生活 …………………………………… 099

郑建华和他的战友 ………………………… 101

2014：绕不开的创作话题 ………………… 103

想您，亲爱的爸爸 ………………………… 106

如果你愿意就忘记我 ……………………… 108

亲爱的，我想对你说 ……………………… 110

关山的那些树 ……………………………… 112

我已经敲不出令人感动的文字 …………… 114

为拒绝找个美好的理由 …………………… 116

几多泪水几多欢欣 ………………………… 119

也说"作家"好困惑 ……………………… 121

男人女人 …………………………………… 123

爱的话题 …………………………………… 125

与妻陪读 …………………………………… 127

天高任鸟飞 ………………………………… 129

我们夫妻 …………………………………… 131

没有妻的日子里 …………………………… 132

侃"流行" ………………………………… 134

默默无语 …………………………………… 135

亦喜亦忧话公关 …………………………… 137

我不明白 …………………………………… 138

乌牛山遐思 ………………………………… 139

扮　禾 ……………………………………… 141

今夜，我俩又将别离 ……………………… 143

告别双江 …………………………………… 145

思　念 …………………………………………………… 147

三十岁人生的自我采访 ………………………………… 148

情系资福 ………………………………………………… 150

常忆着那份情 …………………………………………… 152

秋天里的夏天 …………………………………………… 153

智慧不会老去 …………………………………………… 155

我真想择日大哭一场 …………………………………… 157

三月，行走的春天 ……………………………………… 159

与月亮有关 ……………………………………………… 162

湿地芦花 ………………………………………………… 165

与风有关（外一章）…………………………………… 167

一盆吊兰 ………………………………………………… 169

四月短章 ………………………………………………… 170

生命中某些精彩的瞬间 ………………………………… 172

你用风声迎接我 ………………………………………… 176

流星划过树梢 …………………………………………… 178

今夜的月光 ……………………………………………… 179

大成散章（组章）……………………………………… 180

四月的雨 ………………………………………………… 183

桃花谷 …………………………………………………… 185

春上柳梢 ………………………………………………… 186

为写作找个美好的理由 ………………………………… 188

关山印象 ………………………………………………… 191

好想浪漫一回 …………………………………………… 193

好想骑自行车 …………………………………………… 195

天　空 …………………………………………………… 197

为什么而读书 …………………………………………… 200

故乡的风

一

故乡的风，吹动村口的小河，却吹不动父亲亲自动手建造的老屋。

故乡的风，吹动蜿蜒的山路，却吹不动游子心中的远方。

故乡的风，吹动远古的庙宇，却吹不动父老乡亲不变的信仰。

故乡的风，吹动生产队长的口哨，却吹不动金秋沉甸甸的丰收。

故乡的风，是爸爸的草鞋，写满奶奶的叮咛。故乡的风，是漂泊的行囊，裹满我一生的向往。故乡的风，是孩子钟爱的手机，把岁岁年年的风景贮存。

二

人到中年，提起手中的笔，我多么想牵着故乡的风往回吹，吹干我惜别父母的泪，再把我的儿子变小，让爷爷抱着孙子，抚摸他那有些粗糙的胡楂。

让我回到青春岁月，让我再去追一次那个女孩。那一泓清泉，那一匹不知疲倦的野马。

让故乡的风，停泊在高考的考场，用轻盈重新做一份考试答卷，涂改我人生弯弯曲曲的里程。

我相信，一路上遇到的，又会是另一些人，另一些事，另一些快乐与忧伤，人生又将是另一番风景。

只是，我虔诚地祈求，不要吹落我的稿纸，我要写诗。尽管风风雨雨一次又一次把它淋湿，可太阳一次又一次把它晒干。现在，我终于可以聊以自慰，即使吹落了我的稿纸，也吹不灭我写诗的欲望。

三

故乡的风，把我从蹒跚学步的摇篮吹到广袤的田野，从乡村吹到村外的世界。

年复一年，把故乡的沟渠吹上我的面颊，把我的梦想吹成一片云，悬在天空，苦苦寻找它落地的归宿。

故乡的风里，一切都在幻化，思念幻化成一张车票，伤口幻化成一次抚摸，生生不息幻化成坚实的脚步。

我赞美故乡的风，轻盈，柔顺，不与高山比巍峨，不与大海比汹涌。用心呵护着它的树木，它的庄稼，还有它善良朴实的村民。

此刻，大地微凉。江面吹过来一阵风，我知道，这一定是我故乡的风，风里裹着稻香，风里裹着酒香。

让我融入故乡的风吧，我要追赶时光，即使追赶不上，我也要陪伴你的一生。

乡村的黄昏

　　乡村的黄昏，我站在无垠的田野里，张望。

　　空气，荡漾着水的湿润，炊烟袅袅，一派祥和的乡村景色。

　　好久没有这样独赏黄昏的景象了，我蹦跳在乡间的田埂上，让知名的不知名的蚊虫肆意地在我头顶盘旋、嗡叫。晚风吹过，一尾游鱼，在池塘里跃出水面，去寻求夕阳洒下的最后一丝温暖。几声熟悉的狗叫，拉回我悠长的记忆。

　　乡村的餐桌上，冬天的火锅，点燃思乡的情绪，香喷喷的水煮肉片，沸腾着所有的乡情、乡韵。碰一杯乡里的土药子谷酒，沿着酒香的方向，忆起我们几十年恰同学少年的往事。那一条弯弯的小路，那几丘早已分到户了的责任田，多少迷茫，多少向往，多少欢笑，都还在清晰的记忆深处迂回。

　　星星，依旧在童年的天空里闪烁。月亮，银色的光芒，依然如故。田野的气息，还是当年一样的芬芳。那山，那河，那草地，那天空永远开阔的蓝，都被深深地烙下了昨日的印记，风霜雨雪，依然珍藏在脑海鲜活的情节里。

　　夜风渐冷，我们带着莫名的惆怅，商议着回家的路途。

　　汽车在回城的路上奔跑，像穿越一首乡村无奈的历史长诗，和着车内忧伤的音乐，我在心里苦吟。村庄在听，田野在听，远山在听，鸟儿在听，顽强站立的小草也在听。乡村的夜，如隔世的梦境，流离，沉默。白色的天幕，飘飞着孤独的灵魂，一切都是无言的痛楚。夜鸟在伴舞，幽美的舞姿，在清冷的冬日里，舞动一个寂寥的冬天！

白马湖之恋

一

弯弯的山道，山道弯弯。

山连着山，山吻着山，山上有山，山外有山。重重叠叠的深绿，把人带到一幅又一幅绝妙的画中。

天空是一张宣纸，翻开一页又一页，连绵不绝。轻飘的几朵云，蘸着时光的墨汁，随风摇曳，一点一滴扑打在生命的底片上。

记忆是这样清新，从省城的毛院，到乡村的爱心书屋，只要轻轻地念叨一个名字，就有可能点燃一个绵长的故事。

推开窗户，与静静的湖水对视，深情的眸子与怦然的心跳突然将我团团围住。

二

那个把文字视为生命的人，一生都被文字抓在手里。

长廊是作家最好的作品，远古的风劲吹一代文人的身世。

所有的照片都在灯光下舞动，雨后的黄昏让拥挤的时间在呼吸间泛起绿意。

一批又一批的人走过长廊，不管是若有所思，还是驻足凝望，都会被一个时代悄悄打上文字的烙印。

我不明白，一生奔波的人，为什么不能比静默的石刻走得更远？

三

低处的深渊，可以是百米以下，高处的深渊却没有边际。

我们与秋天一同醒来，果满枝头，到处都是丰收的景象。

沉甸甸的意象握在手中，其实最好写诗。可是，此刻的沉默是我唯一的语言。

高处的炊烟幻化，与云结伴，与仙结伴，与缥缥缈缈的诗歌结伴。

低处的湖水静谧，等待风的亲吻，等待远山的呼唤。也许，深渊是一个苦难的命题，沉浮都是哲学的悲壮。物换星移，山峦已经感受到隐隐的痛。

四

午夜，秋虫呢喃。空调的噪声，划破夜的宁静。

白昼与黑夜，一幅书法作品的两面。时光是一幅不停旋转着的水墨画。

也许，艺术家都有自己的秉性。大浪淘沙，不是个人的东西，只是一种社会形态。

涩涩的风，载着我的梦夜游，看不清的水天交接处，一片空茫。

如果整个天幕，是一片浩瀚的湖泊，眼前这湖水就只是一个浅浅的笑靥。

五

我在湖边独步，一个脚印，就是一片平静的湖面。

鱼虾，看不清时钟的转动。每一次呼吸，都是湖水的自由出没。

没有人能够逃出爱的想象。过去的时光，我把自己隐藏在爱的小屋里，结果我错了。此刻，爱如潮水般静默，可能我还是错了。

夜已深沉，微信还要不要发，要发，能不能发得出去，能发，又发些什么，发了，又有没有人点赞？

确认，以幽蓝的方式闪过，一泻千里。

六

远方，伸手不见五指。近处，低飞的夜鸟连着彼此的呼吸。

天空，在漆黑里隆起它的穹顶。广袤的大地，万物次第沉睡。想象，越过千沟万壑，却走不过自己的天涯。

我幻想着此刻会有鸟鸣，想着想着，自己都笑了。

于是乎，我把手伸向开关，台灯依旧，窗帘依旧，所有的床上用品，都还在朦胧的睡梦之中。

这是一个无法突破的空间，我甚至不知道，它到底是房间还是创作间。

冬夜听雨

从乡下火急火燎地回城，我讶然于夜晚在办公室静静地听雨。

假日的办公室，空荡荡的，硕大的一栋楼就一两个人守着。室内是熟悉的灯光，室外是纷纷的雨滴。淅淅沥沥，淋湿着风景，也淋湿着心情。

今年的冬天，雨比雪来得更早一些，纷纷扬扬，夹杂着风的伴奏。我知道，这一场绵绵的冬雨会很受欢迎。乡里的菜园需要雨水湿润，城里的居民也在饮水思源。我想，让冬雨争点地位也好，古往今来，诗人作家描写冬雨的还真是凤毛麟角。

宁静的夜晚，疲倦的灯光伴着滴滴答答的冬雨，寒风逼近，坐在停了中央空调的办公室里，更加感觉到冬天的气息。窗外，雨一直在下，用心倾听，雨滴落在遮阳棚上，打在窗户玻璃上，拂过树叶的声响，缠缠绵绵，绵长而悠远。

逝去的影像穿插高楼不同的季节，飘落的树叶枯黄了曾经的春色。凭窗远眺，展现在我面前的是，漆黑的夜，黄昏的灯，沙沙树叶，凄凄夜风。飘浮空中的那丝微弱的暖气，也被这纷纷的冬雨洗去了所有的温热。

推开窗子，把手伸出去，浅浅的湿润吻着手臂，冷冷的凉意袭上心头。窗外，那一枝倔强的冬桂仰着无比清纯的脸微笑地看我，生怕我忽略了她的美好。渐密的雨丝，像舞动的珠子，贪恋着这严冬的清欢。

寒意渐浓，电话铃响起，我拿起办公桌上的话筒，一股暖流从生命的源头漫来。穿过绵绵冬雨，穿过春夏秋冬，栖息在我跳荡的指头，露出纯真而禅意的微笑。

兄弟围炉

春节，其实就是堆积在我灵魂深处，那些凌乱的记忆。父母不在了的时候，兄弟们坐在一起，围炉烤火，噼里啪啦的燃烧中，弥漫着那股年的味道。

今年的春节，积雪尚未融化，茫茫天际就像一只越冬的刺猬，不经意地哈一口气，寒冷就像模像样，有形无形地逼着你竖直衣领，袖笼双手。

老家，依然是一个巨大的热场，无意中聚集着亲情的温暖，兄弟们从四面八方归来，围炉向火，让残雪掩盖冬天的荒芜，让童声穿越冬天的寂静。

年夜的鞭炮声，是先人留下的印记，孤独和寂寞从这里消散，一代又一代牵着的手，一次又一次在这里十指相扣，奔腾着生命里的每一个春夏秋冬。

围炉烤火，是一个生命对另一个生命的温热。火就是冬天的心脏，熊熊火焰有如血液般走遍周身，让人备感温暖。半百的兄长就会在这个时候，吞吞吐吐地说些"家中无米早生烟"的往事。尽管此刻，围炉只有开心的笑脸，深情的祝福。谈笑间，嫂嫂便会递过来一杯热气腾腾的芝麻茶，涩味浓浓，茶香缕缕，顿时，整个炉子屋内氤氤氲氲，让人在亲情和爱情中，感到流光易逝。

积雪正在冰冻，我们兄弟持续着围炉夜话。在平平仄仄的岁月里，在虚无缥缈的红尘中，也许，只有你和我，还有那在燃烧的火光中，数不清的影子，在用心守望着。

我知道，这虔诚的守望，只有春天能够报答！

资江，你是我今生来世的情人

一

二月的纤纤玉手，弹响资江调好了的琴弦，我伫立在你岸边的钓鱼石上，浮想联翩。

春风吹拂，醉倒江边参天的古樟。

顺着江水流动的方向，我不由得忆起童年银城的《资水》，那神秘的益阳地区文联，还有那大名鼎鼎的王一飞，长者风范的曹毅前，亦真亦幻的梦境，仿佛都融在会龙古寺悠远而缥缈的钟声中，我轻轻走过文学美梦的旅痕。

今天，我终于以诗歌的名义，踏上了这块神奇的土地。

二

江岸柳树的新枝，早已布满春的吻痕。

桃花江上，红尘滚滚，波涛汹涌……

我清新的记忆，在滔滔江面上悠然生起。那浸染着文学灵气，孕育了益阳文坛三剑客的桃花仑八角枫拔地而起的感觉，在我的脑海里早已融入资水的诗章，挥之不去。

三

一年一度的情人节临近，不要说春江水暖，我漫步在你的春天里眺望，岸边淡淡的绿意舒展，我甚至已经记不清楚是哪一只手，把冬天这一页悄悄地翻了过去。

此刻，我聆听着资水静谧的凝眸，搜寻着你岸边清代古堡残损的足迹，斑驳的背影，和着拍岸的涛声，早已悄悄地潜入历史。

资江彼岸，缠绵的鸟鸣，伤感依然。

四

走进春天的深处，我的心灵已被深深地震撼。我抚摸着资水颤抖的肌肤，就像抚摸张力十足的历史。

伫立周立波的故居，我们思绪万千。

岁月悠悠，远逝的也许不只是一段凝固的往事。文化强省的号角吹响，浩渺的资江是否会因你而风起云涌，涛声澎湃？

五

如酥的春雨，弯曲了银城的小巷。

我用诗人的目光，看着你波光粼粼的方向，我知道什么也淹没不了我离别的诗行。

总会有一滴春雨，敲打我尘封的门扉。总会有一群大雁，告诉我回家的方向。

我在异乡，伴一盏孤灯，咀嚼着一颗颗希望的种子，阅读着一张张换季的名片，我只想说，美丽的资江，你是我今生来世的情人！

相约龙洞

一

　　暮雨初晴，五月的阳光温柔地敲打着玻璃，风儿轻盈地撩起窗帘，吹绿我在办公桌上的稿纸。

　　只为与一朵莲花并蒂的夏日，我们相约岳麓，相约莲花，相约龙洞。

　　没有极致的花开，没有清凉的傲骨。历经轰轰烈烈的一场大雨，鲜活的生命，沿着脉络清晰的枝叶，毫不犹豫地来到龙洞的夏天。

　　温热的夏日，在绵延的青翠中一路舒展，一样的芬芳，一样的甜美。

　　只为一场城乡的约会，龙洞毅然留下袖底的清风。

　　琴弦未调，听曲的人却先来了。

　　指尖划过的痕迹，恰似藏在宋词深处寂寞的舞蹈。

二

　　蜿蜒的山路，把龙洞的翠绿撕开，我站在树荫下，用想象的刀尖，雕刻时光细密的纹理。

长焦的镜头，对着自然泻下的一束树枝，我让思绪按下快门，无数形状的叶子挥舞着身姿，被摇曳的清风定格在图画里，彰显生命的活力。

我确信，世界上没有相同的两片树叶，有多少片叶子，就有多少种生命状态。

叶子，亦如其人，她们也将用自己的一生，寻找生命中最美丽的状态，或坎坷凄美，或五彩缤纷。

三

龙洞，那随风而舞的静美，是我心海翻卷的浪花，那吻在莲花额头上的思念，是我穿越时空的爱恋。

我没有看见莲花，但我分明感受到莲花憔悴着爱的容颜。

一千次的绽放，一万年的相拥，恰似这羞涩的莲花，无悔着爱人的温度。

晶莹的，青涩的，丰满的日子，装点着龙洞的羞涩，多情的诗句，让龙洞人慢慢咀嚼。

龙洞的日子永远不会生锈，因为龙洞人会不断地在雨中穿行，在风中奔跑。

四

五月的龙洞，阳光在惬意地流淌，龙洞人的梦想早已金黄。

龙洞，像一首温婉的歌谣，总在我孤独的时候，在耳边响起；龙洞，像一幅艳丽的图画，总在我惆怅的时候，在脑海浮起。

龙洞，是一道魔圈，我永远挣扎不出她多情的包围。

蓝天，青山，白鹭。十足的禅意，携来诗情缕缕。

龙洞，朴实而宁静。我愿沉迷其中，让自然的温馨漫过我喧嚣的心灵，像随手可得的野花那样美丽多姿。

五

　　漫步龙洞，悠然自得的野花野草，给人自然自在的感觉。

　　纯净的天空，挤进我的视觉，唤醒我心中无边无际的浩瀚。

　　伫立在山脚下，我用心感受生命的脉动，走在树林中，我让微风温柔地吹拂我的脸庞。

　　微笑，清风，小花。到处都是优雅的足迹，到处都是喜悦的信息，到处都是绵绵情意。

　　没有荷塘，我已看不清水的颜色，涌动的暗香，已经飘出了诗歌的模样。

　　挥手告别龙洞，我已找不到窗外的季节，飞扬的思绪，已经为她舞出了一个硕果累累的秋天！

你是我梦中最美丽的回忆

一

你像一阵风，轻轻滑落在我的鼻尖。

那记忆中不经意的一瞬，早已凝成我生命中的永恒。

此刻，温柔的夜色，我痴痴地望着窗外，花静静地绽放。

淡淡的月光里，我仿佛看见一张清纯如水的脸，一束怯生生温馨的目光。

正是情窦初开的时节，你递过来纤纤玉手，我送过去深深祝福。

感受到的不是炽热的温度，而是柔软的感激和一个小女孩的悸动和羞涩。

二

月光下，温馨充盈在我的心灵，珍藏在你亮晶晶的眸子里。

洁白的纸巾，写满湿漉漉的爱恋；洁白的纸巾，锁住所有风风雨雨的日子；洁白的纸巾，紧闭心灵的窗户，让长长的等待，怎么也走不出你激情的双眸。

也许，这只是一张普通的纸巾，那么薄那么柔软，就像那晚的月光，在不经意间，早已支离破碎。

时空交错，你我已经来不及执手相看泪眼。

孤灯如豆，写满离别的惆怅，揉湿纸巾，我不知道，这一笺诗行与谁邮寄？

三

仿佛记忆的每一个时刻，都在今夜凝成一瞬。

我很怀念那铭心刻骨的时光，没有负累，没有幻想，没有遐思。

青春的气息，洒在傍晚的集镇上，洒在月光下的稻田旁，洒在茫然的夜色里。

邂逅是一种美丽，离别是一种美丽，梦中相聚是一种美丽，梦在破灭的一瞬间，更是一种美丽。

就让美丽为我们从容地定格吧。

我知道，美丽的错误，往往只是一种奢望。

四

茫然，孤独，怅惘。天涯就在眼前。

生命中的某种东西，或许可以随时消失，可那些藏在心灵深处的秘密，会凝成我们岁月里的点点滴滴，那是我们曾经走过的足迹。

就让每一个日子都串连成最美的回忆吧。

那邂逅中的记忆，如夏风的约会，年年都会在灼热中温暖自己。

如火，如荼。如诗，如画。

五

夏日炎炎，野百合孤傲地摇曳，厚厚的泥土掩埋了苦苦的根须。牵牛花吹着喇叭，把一生的爱恋痴痴地播洒。我凝望着美丽的天空，手牵着悠悠的白云漫步。

其实，我什么也不想，只想和梦中的女孩一起走一走，在皎洁的月光下，圆一回青春年少的梦想。

也许，你还从没有这样深情地望过别的男人，我是你生命中的第一次，一个小女孩，关于爱的萌动。

我不知道，我是来寻找你的梦，还是我就在你的梦中。

我更不知道，午夜时分，你的梦里真的是否会有我?!

山城，绿色的秋天

一

又到浏阳，我再一次讶然于山城这一地的深绿。

时值初秋，一排排的香樟树，手拉着手，站成深绿色的风景。

这刻意留在枝头的绿，有如温情女子的裙摆，在摇曳的清风中寂静地飘过。空灵，清淡，高雅。

大地呼唤绿色，绿色在用心倾听大地心底的答案。四季常青的绿，让车水马龙的城市，已经感受不到季节的变幻。

无奈的蛙鸣，鼓噪的蝉声，静静地等待秋天，又在秋天的绿色里，茫然不知所措。

我在秋天里，被一片绿色无奈地挽留。

二

是秋的缠绵染绿了季节的遐想。秋天是什么颜色？松树说，秋天是绿油油的。

遥望山城，满坡的牵牛藤此起彼伏，紫色的小浪花一直冲到窗前。

在浏阳，这纯净的绿，在这个别样的秋天，闭着眼睛也能感受到。在路旁的公路林中，在满山的翠竹上，在树叶沙沙的响声里。深沉的绿色，就这样乱扑扑地浸染。

寻觅秋天的绿，其实是人们的另一种向往。

清风。古韵。无眠。今夜，凉风吹拂，举起燃烧的酒杯，诗如泉涌，在浏阳河畔日夜流淌的绿色里，我要与你同醉，同醉。

三

独自漫步在绿意盎然的林荫道上，我把我的心定格在秋天。

思念的藤蔓掠过郁郁葱葱的情爱与梦想，没有文字的枝丫，断然留不住青绿的裙裳。每一片绿色的叶子，都不会轻易地随风飘下。它要与树枝作最美的缠绵，与大地作最美的降落。

婉转的鸟鸣，浓密的树木。当秋风把落叶扫尽，依然留在枝头的绿意会很浓很浓。

面对绿色的秋天，我不想用海枯石烂的誓言，装扮虚无的自我。也许，我们根本就不在一个载体，就像荷塘里的夜鸟和鱼，偶然的一瞬之恋，却让彼此留下千古的忧伤。

浏阳河畔的涛声，让我学会了怎样将阳光染绿树梢。九曲的水路，让我懂得怎样面对生活，怎样面对人生每一次艰难的选择。

张谷英村，一部凝固的史诗

张谷英村，位于湖南岳阳县以东的渭洞笔架山下，距离长沙130 公里，为我国保存最完整的江南民居古建筑群落，总建筑面积达 5 万多平方米，居住着张氏后裔 2600 多人，至今已存在了500 多年。2001 年 6 月 25 日被国务院公布为全国重点文物保护单位，2003 年被建设部、国家文物局授予"中国历史文化名村"称号。

一

江南藏瑰宝，岳阳楼外楼。

我扳开潇湘腹地，犁开一道道记忆的伤痕，在幽蓝愈合的痛处，苦苦寻觅。

丹桂飘香的旅途，渴望，绽放着美丽的心情。你在季节的深处，凝视一地的秋阳。

穿透远古的时空，光影下的张谷英村，历经风雨的清洗，明砖清瓦，被一阵阵马蹄声踏碎。

静寞的空城上，流光吹响沉寂。前方，那闪亮的灯盏，分明是屈大夫手里的长卷。

是看破红尘，还是逃避现实，异乡的汉子，隐逸在山重水复的湘北，用血浓如水的亲情，构筑起一座家的世外桃源。

历史的回眸，是一脉相承的印记。我伫立在古迹斑斑的大门前，捡起一阕清词，抛向岁月的长河。

思念的海浪光着脚丫，在沙滩上不停地奔跑。是谁，在被海水淹没的足迹里采撷；是谁，在历史的波峰里自由巡航。

二

时光映照明时的底色，幽深院落在秋阳里泼洒金黄。

张氏古井，五百年的守候，五百年的张望。古井无言，任苔藓碧绿激荡隐忍的背影。别样的天空，把温馨与凝重送给冷冷的深巷幽院。

古井的清泉，和着磨制豆腐的声响，如同岁月的眸子，让你洗去忧伤，洗去绝望。

穿透岁月的凝重，我看见清澈见底的泉水，收拢绿柳飞絮的隐痛，泛起阵阵羞涩的波光。

我站在忽明忽暗的巷口，举起藏满誓言的相机，把回眸一一收拢，把背影一一看穿。我听见汩汩流水和大浪淘沙的心海，温柔地对接，推波助澜。

一块烟熏的腊肉，倒映水中，像是在上演一场素净的古装戏。

纺线的大妈，早已把时光纺成悠长的记忆。

三

巍巍笔架山下，延绵二十六代的村庄，古屋连着古屋，希望连着希望，相互依存，相互缠绕，构建着温馨的乐园。

高山流水的音乐，从祖先的胸中传出，以古朴的姿势，舒展生命的底色。流淌的血液，盛开鲜艳的玫瑰，阅尽五百年的姹紫嫣红。

山倚着山，水连着水，桥牵着桥。古色古香的五十八座石桥，在"刀枪入库，马放南山"的和谐景象中，嵌一枚定海神针，演绎着"九九归一"的神话。

穿过岁月的云烟，我看见静谧的村寨，侧卧在群山的怀抱，像一弯秀丽的月亮，潺潺流水把它紧紧地拥抱。

徜徉渭溪走廊，眼前的景致竟是如此恬静，在张祖博大的情怀中，水与火竟也如此相融。

真实的美，对称的美，幽静的美。一切都是这样轻松随意，一切都是这样扣人心弦。

养在深闺，俨然一座民间雕刻的圣殿。

山之魂，水之韵。

透过五百年疼痛的心灵，七彩的阳光在尽情歌唱，灵魂的村庄，举起一段史诗般的空壳，悬在起起伏伏的浪尖之上，让人去楼空的忧伤，缠绵我的祝福。

张谷英村，一部凝固的史诗。

我在孤寂中站立。我在孤寂中躺下。我在孤寂中升华。

第一场雪

穿过悠长的雨巷，带着些许期盼，我在等待着 2012 年的第一场雪。

冬雨绵绵，淋湿了我的眼睛，潮湿了我的情绪。

细密的雨丝，让天空忘了季节，梳理出一片冬天里的春天。

渴望纷飞的雪花，那是圣洁的花，那是美丽的花。

老天爷说变就变，而且变得这样急，变得这样突然，变得这样令人难以想象。先是雨夹着雪，然后是寒风吹散细雨，树枝上，花草间，渐渐换上新符，银装素裹，天地间，顷刻白茫茫一片。

雪越下越大，我坐在无声的电脑前，品味不经意间逝去的年华。再看办公室外的山峦，越冬的残绿，都在试穿着新年的第一件新衣。

室内，炉火正旺，煮沸一壶温暖。

风停了下来，天空变得异常宁静，漫天的雪花，相互簇拥，坠地无声，沉睡在大地上，卷起雪堆垛垛。

在这茫然的雪夜，孤灯陪伴，我只好沏一杯浓茶，让绿色在杯中的春天里无奈地疯长。

相逢是首诗

2012 年的新年，因为文学，因为诗歌，因为新乡土诗派，走过来一路春风。开年的假期，因为诗派掌门人陈惠芳先生进五十生日，因为天津小睫要飞抵湖南，因为诗人们将在星城长沙聚会，忙碌着，兴奋着，幸福着。

2012 年 1 月 1 号 14 点 49 分 28 秒，我"自作聪明"地在惠芳兄的博客里留言：陈惠芳老师生日在即，诗人们，诗友们有什么好的庆祝方式，庆祝作品，庆祝点子，可以直接跟帖在这里。杨林大哥会负责收集、整理！如果小睫诗人飞过来，可以直接纸条发身份证号码，我负责电子机票！连日来，在惠芳兄博客数以千计的文朋诗友中，在用心留下的近 500 条评论里，天津小睫的名字被神话般传开。

2012 年元月 7 日，这一天如约而至，天津小睫天仙般飞抵长沙。湖南省报纸副刊协会主席、湖南日报文化特刊部主任、湖南省青年文学奖获得者、新乡土诗派发起人、著名诗人陈惠芳领衔接待；湖南建材行业首席专家、新乡土诗派骨干诗人任君行具体负责有关接待工作；长沙政法系统的几把手、著名诗人杨林负责邀请"在长"有关文化名人一起参与接待。

文化的交流总是这样直白，诗人的聚会总是这样缠绵。

任君行拿出了最好的酒，雪马和惠芳兄，带来了最爱的人，负责接待中央有关领导同志的省委某部门负责人，以诗人的名义，兴致勃勃地赶来，一脸的虔诚，为了诗歌，为了惠芳，为了小睫。

在诗歌里倾诉寂寞的心灵，举起燃烧的酒杯，把先天的缘分，把后天的错误，和着痛苦和欢乐，一饮而尽。高亢的是诗，沉默的是诗，天旋地转的是诗，一吐为快的是诗，沉醉在诗歌、在诗人带来的快乐里，让眼眶挂着泪珠，让眼睛流出欢喜。

相逢是首歌，相逢是首诗，相逢是一次离别的等待。

惠芳兄不仅是一个优秀诗派的领袖，更是一个运筹帷幄心领神会的男人。我不知道，是天意的安排，还是诗意的巧合，在细心的惠芳主编导演下，就在天津小睫诗情澎湃，难以入眠的 1 月 8 日凌晨，湖南日报的印刷者们把小睫的散文诗代表作《洞庭》搬到了《湖南日报》的《湘江》副刊头条。

掌门诗人每一次的精雕细刻，总是这样让历史难以忘怀。2012 年 1 月 8 日。《湘江》，新乡土诗派，长沙，天津，《洞庭》，小睫。就这样，诗意地载入了湖南新乡土诗派的史册！

散步偶得

　　办公室坐久了，外出散散步，活动活动筋骨，是吾等办公一族求之不得的好事。几次不同层面的听证会以后，我们终于争得了每天上午二十分钟的户外活动时间，并堂而皇之以温馨提示的方式在办公大厅进行了公示。

　　散步，几乎成了我这二十分钟的必修课。

　　脱下在办公室戴着工作牌的外套，换一双运动鞋，一个人朝办公楼后面的小山包走去。自己数着自己的脚步，独自丈量脚下的土地，什么都可以想，什么都可以不想。

　　信步流连中，但见办公楼前匆匆过往的行人，为了一年的辛劳求得更大的肯定而忙碌着，奔波着。亦有匆忙者带沉思状突然停住脚步，我凑上前一看，是修身养性者以水代墨在练书法，堂堂草书真叫人赞叹不已，写下的"爱出者爱返，福往者福来"更是令人拍案叫绝。

　　爱出者爱返，福往者福来，貌似一句寺庙里的佛语，此时此刻，却在这雄伟的办公楼前，以独特的姿态舒展它短暂的青春和生命。令人沉思，发人深省。且看芸芸众生，许多的失意和烦忧，许多的茫然和惆怅，不都是苛求得到，不都是渴望满足而萌生的吗？如果大家都去做一个施人以爱，赐人以福的人，你以施舍为荣，精神愉悦，而最终爱和福又回到你身边，何乐而不为呢？

　　生活中并不缺少美，而真的是缺少发现美的眼睛。

情醉北山山水

一

当城市的脚步踩不到故乡的倩影，随意就能抵达的郊区便成了故乡的代名词，弥漫着儿时乡村的味道。

沿着湘江的走向，凝望着不息的河流。白沙河两岸，脉络清晰的枝叶，在绵延的冬绿里一路舒展。迎着刺骨的寒风，一样的芬芳，一样的甜美。

只为一场城乡的约会，北山抖落满身的尘土，淙淙流淌的故事，点燃奔腾的念想。

琴弦未调，听曲的人却早已来了。指尖温柔划过的痕迹，恰似藏在森林公园里孤独的舞蹈。

连绵的苍翠，装点北山的梦。十万亩群山，山里有山，山外有山，山偎着山，山吻着山，山山相依，山林相依，山山脉脉，相挂相牵。

纯真的绿色，忘了季节。林中的飞鸟，舞动着整个村庄。

二

荡舟于青山之中，逶迤的风光，宜人的景色。你一定会因一汪碧水而游兴更浓。

沿着崎岖的经脉，深情穿入森林公园的体内。蜿蜒山径，浩浩林海，澈肌的清，透骨的蓝，一齐醉倒在仙人的怀里，装点成星沙大地最为壮丽的风景。

一泓泓天坛，一泓泓神酿。悠悠岁月，在这里发酵，如海的潮汐，在这里珍藏。

千年北山锤炼的酒曲，万亩林海煮出的纯浆。一个又一个巨大的酒缸，镶嵌在"双龙戏珠"的山脉。酿万丈豪情，圆千年美梦。

掬涓涓一滴，纯净游客的心性。剪轻轻一缕，理疗诗人的灵魂。湿漉漉的山水间，沉浮着莫名的风情万种。

悠悠北山，我悸动的心早已被你牢牢牵住，流连忘返。

三

黄昏，炊烟的诱惑，燃起远方的思念。

黑麋峰下，一个长长的仰望，在北山的沃土里生根发芽。

村口的小路，爬满了老农沧桑的脸，也缠住了姑娘小伙离乡的脚步。

夜，月光如水，倒映着高仓点点滴滴的记忆。是谁，从这里走出，浪迹天涯？是谁，迈不开归家的脚步，留下这方山水寂寞的黑？

亮丽的池塘，秀美的庭院，还有那浸染着历史文化的捞刀河，押着平平仄仄的韵律，沿着北山大道指引的方向，远去。

回头凝望走过的路，脑海里满是北山的记忆。我对自己说，春暖花开的时节，我一定会再来北山。

千年神韵上甘棠

一

是什么能如此久远地牵着瑶胞的视线，是什么能如此强烈地勾着游人的魂魄？蓝天碧水交相辉映的上甘棠村，宛如一位婀娜多姿的少女，安静地坐在这一片风景里，无论汉代还是明清，神奇的传说里，只是留给人们一个清晰的背影。

此刻，我行走在上甘棠古朴的青石板上，迷人的村舍沿谢沐河左岸"一字"排开，我讶然于一河欢快的流水。轻轻掬一捧，柔滑滑，凉飕飕，猛一松手，清澈见底的河里便溅起晶莹的水花。

小桥，流水，人家。静谧的河边，古老的码头犹在，却不见了当年身强力壮的汉子。

汩汩河水，伴随着千百年浪迹天涯的水手，在奔跑的时光里流淌，却早已打不开记忆中的孤帆影只了。

河边，低头洗衣的妇女，舞动着手中的擂槌，有如女书般轻盈的笔画，任凭游客吆喝、拍照，她们始终不会抬头，只顾一槌一槌地槌打着衣服。河水泛起的阵阵涟漪，绽放着农妇天然的静美，无限的柔情。

远古的步瀛桥上，爬满了形形色色的藤蔓，桥的下面，几只鸭子在自由自在地游来游去。我驻足在石拱桥边，收拢澎湃的思绪，把桥上桥下的风景，一同融入这激情的诗篇。

二

是谁，从远古的元朝走来，穿越明朝的千沟万壑，冥冥中，念一阕清词，把古瑶城的油灯点亮。

近入湖广，远渡重洋。百年的迁徙，千年的漂泊。翻开千家峒凝固的历史，长鼓伴舞，歌对新娘，无不彰显瑶家儿女纯真的本色。

五百年故土的重逢，上千年瑶胞的繁衍，泪水依然解不开逃离的心结。花香鸟语，曲径通幽，一面长鼓，一支牛角，瑶歌终究抚不平内心的伤痛。

捏一把星光，点燃桐油的灯盏。油灯闪烁，照亮文字舒展劳动的姿势，沿着情感的经络，在谜团重重的迷雾里，寻找单纯的笔画。

一条纱巾，抒一番缠绵的心意，一方手帕，寄一抹款款深情。奇绝的人文底蕴，唯美的女书文字，形奇音奇义奇，女字女歌女俗，纤纤斜纹里的倾诉，传递着瑶家女子别样的情意。

爱恨情仇，生离死别。在已入吉尼斯纪录的女书里，刻下点点滴滴的印记。

微风吹过，我站在沧桑的谢沐县衙遗址。左手，翻开沉淀的历史；右手，托起美好的明天。为了一个民族的繁荣，为了一方百姓的幸福，深情祈祷。

三

置身上甘棠村，到处洋溢着"千年古村"的神韵，尽管如今坦途纵横，但无处不牵着韩少功笔下崇山峻岭西望茅草地。

一个美丽的传说，掀开五千年沉甸甸的历史。

是谁，随大禹治水有功；是谁，深得玉帝万年寿命的赏赐；是谁，只身南下抵达苍梧之野；是谁，在南山脚下一眨便是八百年？

伴随着历史的风云变幻，这些人文发祥之所，兵家必争之地，总是要与神明和天意紧紧连在一起。这三面环山，一面临水的龟形，便成就了几朝几代官运亨通、县泰民安的伟业。

且看龟塔上的袅袅香火，日夜守护着黎民百姓的风调雨顺。一批江南名优特农副产品，正在这里逐步形成产业和规模。

一泓希望，一方憧憬。一个品牌，一份荣光。是天使的手指，在上甘棠村采摘年年岁岁的丰收。如织的游人过后，秋天依旧留给他们挥之不去的风景。

我伫立在文昌阁前，看黛青色的山峦如洗，听流淌的谢沐河水有声。不屈的"三千"文化，你早该把圣洁和温馨覆盖古村落昔日的凄风苦雨。

收拢纷乱的思绪，我在沉思中轻叩心扉，上甘棠村，神奇的景致，你的云雾，你的怪石，你的楼台，还有你绝世的女书，何时能在袅袅盘香里，感受你的暮鼓晨钟?!

三月的阳光

带着新春的惬意，嗅着清新的空气，当一缕阳光慷慨地洒在大地的时候，我们走进三月的乡村，走进踏青赏花的人流之中。

沐浴在三月的阳光里，心潮澎湃，任何力量也阻挡不了春天的脚步。仰望天空，蔚蓝的宁静里，云展云舒。低头沉思，斑驳的光影下，是树叶落下的沙沙声响。阳光与密林的交汇是一种无与伦比的美丽。

三月的阳光明媚，万物焕发生机。小鸟，在茂密的枝头停靠，为秀美的春天尽情歌唱。漫步在蝶舞蜂飞的花红草绿中，追寻着春天的足迹，呼吸着季节的芳香，感受着春天心旷神怡的美妙。

三月的阳光，擦亮闪光的犁铧，深入板结的泥土，让春的气息越聚越浓。春江水暖，摇曳的光波与荡漾的春风一唱一和。

三月的阳光，映照着桃红柳绿，把曾经的誓言紧紧拥抱，让冬天所有的记忆枯萎。

三月的阳光，在熙熙攘攘的流淌里，摇响生命的风铃。凝视的瞬间，让激情的双眼孤单我的视线。坎坎坷坷的人生途中，一汪愁绪压弯岁月的低眉，以柳的姿势覆盖我的眼眸。

迈开深深浅浅的脚步，走进三月的阳光。浓浓的乡愁依旧，故乡的身影依旧，暖暖的春风吹过，尖尖竹笋带着一冬的能量破土而出，晶莹的露珠绽放盛开的心音。且看摇曳的枝头，新的激情又在酝酿更加惊心动魄的含苞欲放。

我徜徉在三月的阳光里，用一份虔诚，聆听花开，用一份激情，吟诵诗篇，用一份执着，书写生命进程中永恒的春天。

芦山，我想对你说

一

那一刻，泪雨纷飞。雅安大难，芦山大难。4月20日上午8点2分，撕心裂肺的一声闷雷，在芦山的上空轰然炸响。冲破地壳的魔爪，撕裂了山川，撕裂了城镇。

那一刻，晴天霹雳。怒放的白花，睁开了恐惧的眼睛。呜咽的江河，嘶哑了甜美的歌喉。瞬间的剧痛，惊动了中华大地每一根敏感的神经。

大地在摇晃，天空在落泪，噩梦与魔鬼纠缠在一起。我在千里之外，看着凄风苦雨，一次次把你的心揉碎。芦山在哭泣，全世界都在哭泣。

这个黎明，黑暗剽窃了春天。晨曦，被废墟包裹。这个黎明，泪水灌溉谷雨。雨水，荡涤通往天堂的魂魄。

淅淅沥沥的雨滴，是我们温存的泪水。聚集人间的温暖，点燃一盏心灯，安息那些带着春天气息的亡灵。

二

芦山，四川一个不知名的小城，顿时响彻五湖四海，牵引着全世界关注的目光。

婚纱，走不进婚礼的殿堂。哀号，阻不住大地的坍塌。我们把人间的真爱捆绑成桅杆，在奈何桥畔，摆渡鲜活的生命。

军车下坠，军魂升腾。年轻的生命之花，在轰鸣中不幸烟消云散。山崩裂，水断流。四川，你不是已经说好，100 年都不再地震了吗？

灾后一小时，在医院的车棚里，呱呱落地的"震生"，生命的渴望里，凝结了多少爱的故事。新的生命，新的希望，所有的幸福都将从零开始，你的笑，你的哭，流淌的都是默默的人间真情。

这个时候，掺杂丁点的私心杂念，我都想不出任何理由。我只在浓浓的春意里，让最美的新娘，播送最美的春天；让悬崖下陨落的灵魂，传递感人的春天；让揪心的"地震宝宝"，震撼激情的春天。

三

芦山，四川，中国。这一片广袤的土地，依然是祖国深情的大地。深重的磨难，必将厚重沉甸甸的经历。浇一瓢长江水，祭奠逝去的亡灵，迈开轻盈的步伐，走未来的路，风风雨雨中，你将远离伤痛。

我听见北京急促的心跳，我听见共和国总理，在芦山的上空，发出中南海的声音。号令三军，挥师南川，顷刻，芦山的天空，神降天兵天将。

灾难，摧毁了我们的家园，却摧不毁我们坚强的信心。我看见垮塌的时间上，已经树起众志成城的大旗，已经扬起战无不胜的信念。你的身后，是 13 亿中国人聚集的伟大力量。

芦山，挺起你伟岸的脊梁，露出你至诚的微笑。我要给你一杯忘情水，让你忘掉所有的忧伤和苦痛。风雨过后，彩虹依然升起，大美芦山，依旧披挂浓郁的春光。

四月的阴霾，挡不住春天的脚步。我看见，老人们已在帐篷里与亲人团聚，孩子们正在用童心写下"坚强"，深爱着芦山的儿女，正从四面八方向你涌来。

让我们以生命的名义呐喊，喜马拉雅山，你要永远压住地壳的躁动。

赛里市湖

一

我站在茫茫天地之间，让思念征服遥远，让花开征服花落。在你喷发的景色里，我甘心情愿，守候曾经的誓言。

任海枯石烂，任水滴石穿。我打开紧闭的心门，尽情享受这一份期待，这一份惶恐抑或不安。

多少回梦里与你相见，多少回梦里与你缠绵。满天的星辰翩翩起舞，我穿越你波浪的翻滚，涛声的曲折，激情的喧嚣，在你曼妙的轮廓上，收集神秘的心跳。

我看见你深蓝的色彩，那是聚集了海的灵气。如果大海的汹涌，也曾潮湿我的梦想，那你从一而终的执着，深情不渝的坚守，更是牵动着我的魂魄。

我看见碧空静谧，我听见云涛耳语。放眼望去，云朵是天挂的圣水，一缕轻风把绳索割断，那一方圣洁，顷刻倒入湖中，水天一色。

哦，这就是赛里木湖，我心中的圣湖。

二

鹰的盘旋，在黄昏清冷的寥廓间，舞动迷人的动感。我收拢遥远的思绪，任飞鸟、白云在莽莽苍穹随波荡漾。

白云高高地站在蔚蓝之上，看着你无声的微笑，一种由衷的敬仰从天空向下泼洒。

此刻，你辽阔的水域，如镜的水面，比天空更加蔚蓝。

如果飞翔是一种姿势，我的站立更是一种姿势。我深情地凝望你，只是看不懂你多情的手语。

在你的岸边回望，那些熟悉而又陌生的精灵，将是我心中永远的风景。

我默默转身，透过细碎的波涛，触摸你跳跃的血脉，借你的一点浪花，静养我的凡尘吧。

山高水远，我在极致的美丽中，让心灵停泊，让霞光飞翔。

三

爱，源于自然，存于永恒。

凄美的传说中，湖风的轻拂里，我仿佛听到一种传世的赞美，余音袅袅。渔舟的穿梭间，牛羊的奔跑里，我油然感到一种信奉的力量，大气磅礴。

于是，我在繁华簇拥的黄昏里，弹起你天籁的琴弦。湖里的风景在岸上，岸上的风景在湖里。

近看，是苍茫的风。远看，是迷人的景。

风雨中，艳阳里，烟波之上，摇曳之中，我用真诚凝固你的名字。

捡一块灵性的石头，激起一串感情的涟漪。举一把潮湿的泥土，塑造一尊爱的雕塑。

让绵绵情话和爱的寓言一起，骚动着深入我的心海。

让我寂静的灵魂在一个人的天涯，与天地对话，呼唤我诗的魂魄。

田间，裸露的冬阳

一抹冬阳，钻进疏松的泥土，唤醒沉睡的村庄。

泱泱田畴，甩开父老乡亲的声声吆喝，告别布谷鸟清脆的鸣叫，镶嵌在季节的深处。

颗粒归仓之后，广袤的田野开始向所有的家禽敞开大门。和睦相处的大公鸡、大母鸡，把一双双脚印刻在深深浅浅的黝黑里，水田，便成了它们的乐园。

在笑靥里数着土鸡蛋的主人，会在趁热打铁的舞会上当场颁奖，反季的绿叶，是对它们的最高奖赏。

田间裸露的冬阳，充满对大自然的深情眷恋。提前退役的油菜、冬麦，还有貌似冬装的红花草籽，统统无奈地留在老农的记忆里。

水泥护砌的沟渠，拉直了村间地头的梦。青苔布满水面，冬眠的水草潜在水中，没有势能的水域，已经失去了往日的流动。

田塍边的狗尾巴草迎风摇曳，残绿的枝茎被岁月压弯，等待冬阳作最后的宣判。

形形色色的水泥砖融入乡土，池塘、菜园、田埂，在新型的组合里改变了结构。缝隙里长出的几株新绿，点缀着一丝不挂的冬阳。

挖土机在田里随便一伸手，汩汩泉水就会冒成天眼。寂静里，积蓄一个冬天的能量。

春江水暖，那时的田野，将会换上孕育希望的盛装。

柳絮纷飞

飞吧，飞吧。这些快乐的天使。飘飘洒洒，在江岸的每一个角落都格外耀眼。

飞吧，飞吧。这些美丽的精灵。飘飘洒洒，在草丛中也能露出思想的光芒。

难得的周末，我漫步在沩水之滨，微风吹起，江面波光粼粼。堤岸的柳在风中摇曳，倾情的绿色抚首弄眼，在春的枝头尽情献媚。

桃花已经开过，露出水面的石头吸尽最后一抹桃红。玉兰怒放，红的，粉的，紫的花朵，以她的芬芳与纯洁，吸引着来来往往的每一位游人。

柳絮，纷纷扬扬，看不清从哪里飞来，也不知道飞向哪里。凝神的一刹那，草丛中，石凳上，到处都是白绒绒一片，让人联想起初春的那一场雪。

我想，如果我也能成为它们中的一分子，我可以不看那一张张行色匆匆的脸，可以不听那一声声且行且思的脚步，只是以白，只是以宁静，只是以悄无声息，只是以悠长的回忆，让一双双布满忧思的眼睛从疲惫中醒来。

无论是白得耀眼，还是飞得软绵，都将警觉到黑的颤抖与硬的无情。

　　樱花也在烂漫。这流淌的江水，悠悠的小船，都是因为樱花的盛开而显出别致的韵味。

　　赏花人踏春而来，也许只因曾经的约定。手持扫帚的园林工，将花瓣一一捡起，谁也不会想起，谁是否还会藏在谁的心里。

　　柳絮还在飞，盘旋是一片开阔的视野，停落是一汪熟悉的水面。飞舞的背后，是万千条闪光的银练，是走向热汗淋漓的夏天。

　　水鸟，背负沉重的翅膀，低飞在熟知的水域，多少回与柳絮亲吻，忘却了忧伤，忘却了负累。

　　鸟鸣挂在柳梢，呢喃着不知疲倦的江水，岸边往来的行人，迈开了回家的脚步。

　　飞吧，飞吧。柳絮终将以降落的方式，扬弃枝条上所有的稚嫩。

　　飘落，飞扬。揭开春天深处无法预知的谜底。

聚散，都是你我的故事

一

我不知道，从哪里写起，才能把你我的故事写得圆圆满满。

但我相信，那一次神秘的邂逅，那初见时的一汪婉约，应该是注定了你我今生眸子里的沉浮。

也许，你不该让我看到你眼中的那一丝忧郁。也许，我真的不知道望不尽的天涯，到底要停滞多少流浪的脚步？

一朵花，盛开在远方；风，却带来近处的消息。花开花落，当一切都静若止水，谁也记不起那个刻骨铭心的眼眸。

执着的徘徊，是亲近还是远离？我在茫茫人海，寻觅翻山越岭的消息。隔着漫漫红尘，你的江河终究要凌乱我的流年。

二

月光，洒满静静的湖面，我把自己装扮成一朵莲花，在夜风吹起的时候，迎候失散多年的爱情。

送给你的诗，还迟迟没有写完，许多的秘密，却已在诗里埋葬。缘起缘灭，离别，总是在命运的交错里重复着埋下伏笔。

蛙鸣，此起彼伏，主宰着夜的空白。荷叶上的低语，凝固你遥远的相思，我在柳的柔软里，为你吟一阕爱的词章。

亦真亦幻里，你歪着头，长长的睫毛像蝴蝶的翅膀，在静夜里，扇动着满湖的微波。

错乱的时空，让你我无缘牵手。一些美丽的故事，注定还不曾浓墨重彩就必须结束。

三

终于醉在不期而遇的举杯里，你试图用火辣辣的眼神燃烧我的遥远，可曾经无怨无悔的目光，已倦意丛生。

春去秋来，不要问两颗心的距离，到底还有多远。也许，我一生徘徊，逃不出相思的苦海；也许，我随意的一次呼吸，就能振动你的心壁。

没有哪一首离歌，能够唱到你我的尽头。当所有的日子都被走成比遥远更远的时候，你望着我，我望着你，可谁也不能为谁归来。

炙热过后，一个回眸把季节带到秋天。秋风秋雨，汹涌到键盘上的敲打，依然是最深处的疼痛。

思念的藤蔓，在心中疯长。曾经深埋的一切，又在风吹雨打中枝繁叶茂，千山万水不能阻隔。相顾无言，你弱小的肩头，竟是我望不尽的天涯。

风，掠过江面

风，掠过滚滚红尘，途经太多的起起伏伏。霓虹、酒香、鲜花、码头、江水、灵魂，还有岳麓山上的暮鼓晨钟。

当然，也途经狂热的诗歌与深沉的爱恋。

风的意象，总是轻盈地来，悄悄地去。我和你，就像彼此的诗人和诗，在相互吸引里，寻找对方，写着对方。

城市的鼾声响起，我和你再一次深入那些突兀的词根和恰到好处的隐喻，在零星的碎片里，以灵魂冒险的方式，完成从苦痛到欢愉的全部过程。

在你途经的处所，我总是屏住呼吸，深情凝望。我不敢以任何名义，接近你的心跳。

冥冥中，我羡慕那些天国之外的灵魂，能对着你狂吼，指手画脚。我却只能在内心祈祷，我宁愿在爱恨交加中毁灭自己，也不惊扰你草尖举起的那一滴晶莹的露。

江水流淌，你终于以均匀的速度，把高傲的身姿与汹涌的波涛调到最佳状态，走过那一片柳，在岁月的长堤，唱起动人的歌谣。

请你相信，满江的碧波已被唱成琼浆玉液，轻轻抿一口，便可醉倒一生！

飞行的高度

梦的高度，应该是湘风楚韵的高度。蝴蝶无法抵达的地方，苦难，以飞翔的姿势，迅速占据辽阔的疆域。

我匿身在某一个巨大的问号里，感受你内心无比强大而隐忍的生命张力。风景，以你的两旁掠过，一张张啼笑皆非的脸粉墨登场，和博大的背景本未倒置。

钢筋混凝土密不透风，我不断地用减法稀释脑海里残存的记忆。

此刻，你只是莽莽苍穹下，一条毫不起眼的飘带。微风把你折叠成无数条生命的密码，就在飘带的某一个节点，屈夫子冷静的目光，凝神打量着天空的云卷云舒。

也许，只有居天庭之高，才知江河之渺小，人生之无奈。我的心，早已插上想象的翅膀，直达云端，俯瞰人间四季的景色，让所有的激情都成为遥远的回忆。

我还是不会在鸡零狗碎的诗里，指明你的追求和别离的方向。存在，就是合理。无须追问，一条飘带怎么撕裂成万丈深渊，所有的殷红，都将见证麓山的血色。

我和你，永远隔着城市的喧嚣，还有若即若离的牵挂。天空与深渊，黑夜与江水，都将催促我们互相确认，你是我曾经的湘江，我曾经是湘江边那个独行的人。

芙蓉花开

江边，芙蓉花开得繁茂。像久违的鸟鸣，羞涩而又单纯。

我与岁月一起走到江边，拉长的影子，摆出飞翔的阵势，每一位旅者都是花丛中的一颗星星。

江水流淌，江岸炫耀着赏花人的足音，还有一丛丛纯洁的思想。

季节更替，凝固骨子里的骄阳与火红。一束花的责任，是鲜艳，是血色，是浓郁，是芬芳，是纯正。一片叶的摇曳，是倾听，是耳语，是江风的飘泊，是相思与相思的叠加与演绎。

一次美丽的行走，便有一种美丽的声音，轻盈地融入脚步。无论是逆流而上，还是顺江而下，心头总是回响远方的天籁之音。

举目望去，江上的码头犹在，却不见了当年的水手。石头上的每一丝斑驳，都铭记着一段神奇的故事。

一束鲜花就是一束火焰，一滴水声就是一片梦境。鱼，快乐地游来游去，游动着的是鲜活的生命。我看见一束火焰，再一次把深情的江水点燃。

一个人。一根忘忧的草茎。在这个美丽的季节，有这样美丽的地方，应该还会有人来的。我已经决定，在这里等待！

麓山红枫

麓山，走过跌跌撞撞的春夏，满山的火红，飘扬起彩色的旗帜。燃烧，是这个秋天唯一的理由。

成熟的叶脉，飘飞一个季节的风风雨雨。夕阳的眸子里，红彤彤的火焰，照亮深秋古典的神韵。

秋的斑斓，是天空掌控的秘密。金黄的叶子在风中舞蹈，一层层融入尘土，用体温覆盖着蜿蜒的山径。

叹息，从风的缝隙中垂直落下，在这个充满伤痛的季节，一抹殷红划向岁月深处的意象远在千里之外。

冥冥中盛开旧时光里的故事，仿佛是逆光里朦朦胧胧的初恋。所有的蛛丝马迹叠加落叶的身影，随之无声无息地飘零。我确信，不是每一片枫叶都能代表爱情。

不安与疼痛，在深沉的颜色里摇摇晃晃，我已经没有任何理由怀疑麓山的巍峨。尽管我的执着跟石头毫无关系，石头却无时无刻不在彰显我的坚毅与淡定。

这个秋夜，我想逃逸，并不是朝着江水流淌的方向。我要在深秋的呼吸里，于枯枝败叶上寻找生命的真谛。

也许，这个笨拙的初衷，已经属于昨天。

我选择沉默，麓山便选择沉默。我开口说话，麓山和神便开口说话，秋和枫叶便开口说话。

阅江楼

高楼的影子，在炎热的尾声里，被一次又一次拉长。持续的高热，把所有的激情淘空。楼台，被幻化成虚无的躯壳。

楼外有楼，高耸成一座城市的地标。南来北往的旅者，在仰望里品味黄昏的干涩。

仿佛每一滴记忆都有注释。梦，开始干涸。相同的叶子，相同的枯黄，却承载着不同的忧伤。

蓝天越来越远，我不敢念叨你那个伟大的名字，还有那一片层林尽染的山峦和那一条不息的江。

心在燃烧，我与你相视无言。远方依稀的模样，给空茫留下底色。声嘶力竭，却听不见自己的回音。

一杯酒，打不开紧闭的心窗。隐忍，像一只蝴蝶的颤抖，舞动着心的疼痛，迷茫而又遥远。

渴望一场雨，从草间，从沙粒间流过，带着落叶的体温，无奈地流淌。

晚风，压低秋虫的呢喃。黑夜被无情撕开，夜曲缠绵穿来穿去的痛，微寒中的音符，总是如此陌生。

夜已很深，我轻轻地呼唤着你的名字，写下心与心的约定。

橘子洲

　　一个季节，我都在这藏得很深的绿色里等待。我早就知道，你一定会来，我的目光，已经干脆利落地交给了洲边清澈的江水。

　　你注定今生要走这条路，所以，我选择在这个时候，巍巍麓山层林尽染，橘子洲上黄澄澄的橘子挂满枝头，一树又一树的山茶，映红星城天空的微笑。

　　秋色已尽，微寒的冬天已经来临。你从崇山峻岭中一路走来，走到春的另一边，静静地读这一江深情的江水。

　　参天的古树，早已在湖光山色里安营扎寨，飘飞的柳丝，迎风摇曳，婀娜的身姿时刻准备着，在江的凝望里随波逐流。

　　唯有那尚未站稳脚跟的山茶花，张开迷茫的眼睛遥望，看谁将用拂尘的手抚摸那伤痕累累的叶片，盛开的花瓣，亦如山村纯真的少女，谁愿用一生的时光，打开那尘封的心事？

　　芦苇的芬芳，被粼粼波光一次又一次拉长，摇晃的等待，似落在叶尖上的鸟鸣，唤不醒酣睡的蚯蚓。欢快的鱼儿，游来游去，却听不见岸边甜美的童声：好可爱呀！

　　游人纷纷举起相机，抓拍到的是枝繁叶茂，拍不到的是鸟语花香。是谁，在满湖的倒影里，打捞一冬的深绿。我敬重辛勤的园丁，满头白发，只为守候那永远的花期。

你睡在我为你敞开的怀里，释放经年的伤痛。我在冥冥之中，早已预感到了这一场冬雨，点点滴滴，不偏不倚地击中我写满诗句的春天。疼痛，是一个苦难的命题，我没有安慰你的力气，只是反反复复牵着你的手，在一个有关哲学的空间里泅渡。

雨，还在下，我为你撑起一片蔚蓝。蓝天下，我用目光牵着你的手，在江水的深情凝望里，携你同行。

风，吹过西湖

"自别钱塘山水后，不多饮酒懒吟诗。"仿佛一缕清风从远古的唐宋吹来，吹落昨日的凄风苦雨，也吹皱我心头的一汪碧水。

此刻，我坐在浉江边，遥远的西湖美景，一幕一幕在眼前浮现。江南的烟雨，西湖的碧波，和着跳荡的旋律，让我感受一滴滴水是多么巨大。

我以十二分的虔诚，打开这一页页彩色的图画。西湖之秀美，是一个哲学的命题。也许，只有它的低调，它的含蓄，它的深藏不露，才是这么温柔，这么细腻，这么扣人心弦。

我相信，面对这样一尊上帝的恩赐，每个人都会有每个人的注解。任凭那一枝垂柳，一片绿荫，一抹彩虹，一缕夕阳，一双情影和一份爱紧紧包围。

我不知道，西湖的每一缕阳光，每一粒鸟鸣，每一声呼吸，抵达每一天的深邃，需要多少幸福的时光，在这无边的水刃上磨砺？

我不知道，堤岸的每一个脚印，每一枝花蕾，每一份闲适，聆听每一次的心跳，需要多少澎湃的激情，在这缥缈的风中汹涌？

西湖的风一层层吹过来，一层层吹开浪花和绿意，一层层吹开走南闯北的异乡人，缠绕在心头的万顷波澜。

　　我会选择在茫茫人海中诗意地客居，就像在湖畔选择我清澈的情绪。我会选择在目不暇接的校园里驻足沉思，就像在断桥选择我深情的凝望。

　　那么多熟悉的人，在呼唤我。那么多陌生的人，在陪伴我。我必须找到这一块神奇的土地，被湖光山色浸润的缘由。我必须让那些幸福的人们，给我传递笑声与爽朗。

　　玉泉有多少梧桐，就有多少美好的憧憬。西湖有多少水珠，就有多少纯真的向往。

　　慢慢地靠近，就像悄悄地打开一卷经书，让我虔诚地探秘莽莽星空的寥廓与深邃。让我在青山绿水间寻得心灵的一份平静与安宁。

　　都说人在江湖，身不由己。同在江南，我还真不能乘一驾翅膀从沩江飞抵西湖，尽管此时的西湖依旧是风轻云淡。

　　掬一捧沩江水，让我携它的缥缈，眺望远处的西湖，我分明听见湖面漾开的涟漪，还有湖畔轻盈的呼吸。

　　我不敢想象，唯美的西湖，就是佛的眼睛。生命中的每一次际遇，都是佛祖的精心安排，人间的一举一动，都透着灵动的气息。

　　如果伫立沩江之滨，我注定站成坚不可摧的堤岸，在那西子湖畔，我宁愿让碧波站成一幅风景，站成我来世今生深沉的爱恋。

又到银川

五年前，我随长沙市人民政府考察团赴银川，经历了一次难得的红色之旅、文化之旅、航天科技之旅。七天时间，横跨五个省区、行程上万里，尽管茫茫的大西北处处风景如画，银川印象还是深深地留在了我的脑海里。今年九月，我有幸参加全国第七届省际政务服务工作交流会，再一次来到银川，再一次感受这"塞上江南"的银川之美。

九月五日，飞机从黄花机场腾空而起，宁夏之旅就正式开始了。航班途经西安转机之后，银川变得越来越近，当空姐甜美的声音把我从万米高空唤醒，我透过飞机的舷窗，透过相机的长焦镜头，清晰地看到了机翼下的大地，看到了记忆中熟悉的腾格里大沙漠。此刻，直觉告诉我，我已在宁夏的上空，眼下的景象正是与我相约已久多姿多彩的银川。我想，那一条飘过银川的黄带，应该就是我魂牵梦绕的九曲黄河。

走出机舱，我又一次踏上了银川的土地，宁夏政务服务中心的朋友们早已在此等候多时。汽车穿梭在夜色斑斓的城市，让我们有足够的时空，再见银川多彩的翅膀，再听银川美妙的歌谣，再续神奇宁夏的美丽神话。

置身经验交流会的现场，自治区党委常委、自治区副主席齐同生同志在慷慨激昂，政务服务是"软环境"，"软环境"的好坏，直接关系人心向背，关系经济发展。宁夏要打造西部乃至全国审批环节最少、程序最简、费用最低、服务最优的省区。我在心里想，银川是宁夏的心脏，一定会站在宁夏的前沿阵地，当好全区政务服务的排头兵。"贺兰岿然，黄河不息"的银川精神，一定会支撑着银川的骨骼，澎湃着银川的血液，把一个朝气蓬勃的银川展现在中国乃至世界的面前。

走出会场，会务组安排了非常有代表性的景点西夏王陵和沙湖。多民族融合，多渠道传播又融入独特民族风格的西夏文化，作为一个民族的遗产，博大精深，她不仅仅是本民族的，更是中国乃至全世界的。我们欣喜地看到，在宁夏党委政府的重视和关怀下，西夏文化的研究已经进入一个崭新的阶段，西夏人民创造的宝贵财富，其沉默的历史古迹和遗风，体现着不屈的民族精神，在今天和今后，依然会放射出灿烂的光芒。

挥手告别银川，熟悉的风景依然历历在目，让你在诗文美景中流连忘返。那一种亲和力，那一种亲近感，那一份厚重的文化积淀，足以让每一个人，在回忆里，在憧憬中，随时勾勒出一幅宁夏美丽的图画！

春城路上的桃子熟了

春天时那一片桃花，红红火火，把整个春城路都装扮得分外妖娆。春城路紧挨着行政中心，我们在办公室就可以欣赏到春城路上的风景。几次都想动笔写一写春城路，触摸一下路旁那不同寻常的桃树和桃花。躲在夏天的桃核里，期待那一场轰轰烈烈的花瓣雨，在山移水转间猛一回头，却见春城路上的桃子熟了。

春城路，全长 3.2 公里，分三次修成，是见证宁乡城市发展的主干道之一。县委县人民政府决定县城 11 条道路全面提质改造的时候，专家们建议选用桃树单独作为春城路的点缀，实现宁乡真正意义上的一路一特色，一路一景观。

我们对桃树并不陌生，在百度里搜桃，会给你耳目一新的感受。桃，别名肺果，双子叶植物纲，蔷薇科植物。在我国有 4000 多年栽培历史，30 多个品种适合在南方生产栽培，桃果汁多味美，色泽鲜艳，供观赏用的各类桃树，树体不大，为中型乔木，花色奇艳。春城路上多采用碧桃和垂枝桃。

盛夏时节，大男小女在春城路上散步纳凉，时不时也有停留在桃树旁的，顺手摘一颗桃子塞进嘴里，尝一尝那涩涩的、酸酸的清凉可口。也难怪，在这丰收的季节里，一看见桃子，人们想到的自然是甜蜜。而在春城路上，在城市美容师的精雕细刻下，这里的桃树，大部分是当年抽生的新枝，由于花粉不育，绝大多数是不能结实的。细心的大嫂便会发现，虽然桃枝没有挂果，树干上却会流出可供食用的桃油，桃油滋阴降火，是酷暑里的一道美食。

近几年，宁乡县委实施 5127 高素质人才引进工程，计划用 5 年时间，引进博士 100 名，硕士 200 名，全日制本科生 700 名。也许是由于紧邻行政中心的缘故，春城路旁，寄居着清一色的 5127 人才，他们来自祖国的四面八方，春城路，是他们上下班的必经之路，机关事务局的管理者们，破例在市民广场与春城路的交界处铺上鹅卵石，打开一条黑白相间的专用通道。在这条充满希望、充满期待的小路上，清晨与黄昏仿佛相约而来，构成一道亮丽的风景线，年复一年地美丽着。

春城路上的桃子熟了，一年一度，春华秋实。也衷心祝愿日复一日走过春城路的才俊们，他们心中播下的种子生根发芽，花开遍地，果满枝头！

静静地品味大地零食

"人生是如此复杂但却单纯、质朴，如此大千世界，我们都需一条小路，一片静地去细细地品味，修炼自己，用心感受美妙人生。"

手捧散文集《大地零食》，端详着素雅的封面，我再一次被怀或君这些美妙的文字深深地感动着。

"自从调到这个城市工作，这条从住所到单位的一公里路他走了五年。一年 300 个来回，五年就是 1500 个来回。1500 个来回匆匆走过，低头走过，不曾想停驻片刻，也不觉得有什么不对。——一公里就是从吃饭到谋生的距离，没有情节，也谈不上有什么风景。"

这是《大地零食》收集的第一篇文章的第一段话。这貌似自言自语的诉说却强烈地刺激着我的神经，震撼着我的心灵。生活在这太平盛世，我们经历了太多的繁花似锦，面对了太多的掌声和笑容，静下心来读怀或这些清新的文字，会让我们对生命更加诚惶诚恐。

是该为怀或君的文字写点什么了。为了给自己一点压力，我专门发了一条微博：阅读的灵感来得不是时候，这是读书人最揪心的事情，为怀或君写点什么，要作为一大写作任务，力争在一周内完成。

　　这些天忙于走访企业，帮助企业主解决具体问题。一来为新一届县委营造风清气正的外部环境，二来以服务经济、优化环境的实际行动向市党代会献礼。繁重的公务不敢马虎，写作的计划便被不自觉地丢到了一边，几个星期不知不觉过去了，文字却始终没有写得出来，文人的懒散常常导致标准时间的失误。

　　周末整理报纸，鲜红的光荣榜上，刘怀或的名字再一次映入眼帘，勾起我那悠远而温馨的回忆。

　　认识怀或君还是15年前筹备成立宁乡县作家协会的时候，他在当时的宁乡报社，我在乡镇，我们都是作为副主席人选协助主席工作。协会成立不久，怀或君在县城搬了新家，姜福成主席带领文学圈子里的人前往祝贺，给我留下了十分深刻而又难忘的印象。乔迁家宴上，一桌的文人准文人，碰杯几十次，祝福万千，酒还是那瓶酒，始终没有掀起一醉方休的豪迈气氛，那便是我心中温柔可爱的怀或君。

　　后来怀或君因写得一手好文章，深得领导赏识而被调进政府机关，并以骄人的工作业绩一路攀升，由县府到市府，"忙碌"着他的工作，"打磨"着他的文字。于是便有了散文集《叶上有字》《大地零食》；诗集《一篮春水》《习（诗）笔记》；随笔集《朋友三四》；新闻作品集《生命的重量》。几月不见，听说最近他又有诗集问世……

　　此刻，我坐在老家的某个角落，泡一杯浓浓"乡"味的姜盐茶，再一次翻开怀或君的散文集《大地零食》，听窗外沙沙树叶，看秋阳穿透窗帘，置身在这秋天里的夏天，告别物欲横流的城市，纵情青山绿水间，让心灵好好歇歇。我在心里说，久违了，这美滋滋的味道！

楼上楼下

同在一个单位上班，同住在单身宿舍楼，楼上楼下可以凭轻重不一的脚步声相互感受彼此的存在，有事没事地串门自然成了家常便饭。

小姐们住楼上，一台收录机摆在闺房中，说是收录机，功能键却总是打在 radio（收音）上，调谐按钮也在那固定的频率上定格，只要把电源接通，便会传出音量适中的广播音。每到黄金节目时间，楼上楼下便会挤成一团，大家你一言我一语，边欣赏节目，边天南海北地聊，以打发八小时之外的时光。

先生们住楼下，凑合着装了一台程控电话，兴头之上，便可按下免提键，碰一碰"热线参与"的运气，楼上的主人自然又成了热线电话的听众，高兴时，楼上楼下常常是疯疯癫癫得忘乎所以。

炎热的盛夏，楼上暖哄哄一片，叫你同时打开几台电扇都不管用，烤得小姐们直摇头；楼下气温偏低，却又是蚊子偏爱的场所，即使你把纱窗关得严严实实，也免不了这些"不速之客"乘虚而入，搅得你难以静下心去。

如此等等，楼上楼下组成了一个优势互补的两性世界。

不知什么时候，楼上楼下的互补开始失去了平衡，那一台半新半旧的收录机被进口音响替代了，平日里热得难受的房间里，一夜之间装上了空调，就是再高的气温也奈何不了强冷键的功能。

楼下的电话铃依然响起，却再也激不起排队接电话的热情了。先生们一个个蹬上摩托车，义无反顾地在夜幕中去拥抱那一方属于自己的天空。

今晚，宁静的月光洒满了单身宿舍楼，静夜清新时，那个固定的频率，又将是黄金节目了，这节目带来的那一份令人心动的热闹还会有吗？

故乡的枣林

　　不知不觉间，离开这个偏僻的山村已经十多个年头了。深秋时节，我便携妻带子踏上归途。越过层层山山岭岭，我又回到了难忘的故乡，回到了这一片魂牵梦萦的枣子林。

　　在那半工半读的年代，屋后的山坡是我们最爱光顾的场所。每每放学回家，拿一把茅镰刀，背一套勾索扁担篾箕，来到这一片被丛生的灌木点缀得五颜六色的枣子林，打青收牛粪。然后，揣着盛满枣子的口袋，踏着夕阳归去，珍藏那一天中沉甸甸的收获和色彩斑斓的童趣。

　　十多年过去，如今的少男少女们再也用不着放下书包去打青收牛粪挣工分了，一家一户的责任田里也好像不再需要沤什么粪屎、踩什么大草子了。通往后山的小路，早已是杂草丛生，只剩下若隐若现的轮廓了。在妻子的怂恿下，扒开齐腰深的柴草，我背着孩子又一次爬上后山，来到这片熟悉其实还不能称作树林的枣子林中，学着孩童时的模样，朝树杆上猛蹬一脚，那黄澄澄的枣子便撒满一地。孩子吸吮着酸甜酸甜的枣子汁，显出从未有过的开心和惬意。

　　时间匆匆而过，我和妻要上班了，孩子却赖着不肯走。也许，他是厌恶那高高的围墙紧闭的铁门而向往这空旷的田野、悠悠的稻香；也许，他是玩腻了塑料的手枪飞机大炮要独赏这似锦繁花、茸茸芳草；也许，他只是为了后山坡上那一棵又一棵的枣子树，那黄澄澄圆滚滚酸甜酸甜的枣子?!

为自己留一片清纯

　　早些日子辖区内大面积铺开换届选举、班子调整，许多老部下因为政策的原因，被宣布离职或者退休了，作为"顶头上司"对这些人员进行座谈走访，一方面是从政的规矩，另一方面更是同事一场情感需要的必然。多少回夜以继日，身心都确实有一丝疲惫的感觉了，回到那卧室兼办公室的空间，触景生情，常常是思绪再三而难以入眠。

　　到干部的房间里转一转，发现啃长篇和中篇的人渐渐多了起来，先是《亡魂鸟》和《梅次故事》再就是什么《裸体工资》和《官运》。初看起来，好似在打发时光，消遣消遣，细细一想，却是清一色的官场文学，真不知这是作家的创新，还是文学的方向，抑或是当代政坛与文坛相互撞击以后发出的某种特殊信号。

　　随手翻开一张晚报，王跃文先生的美文再一次映入眼帘，他一面不无赞扬地说他的文友肖仁福，一面又有些低沉地说当代的新闻，"可一些新闻媒体，会为未来的历史学家布下迷魂阵的……"王跃文毕竟是一个怪才，做了那么多年大都市的"小干部"，却一反常态，以"自由撰稿人"自居，并声称自己早已是坐以待"毙"了。

　　这几年的政坛和文坛也真是奇怪，在把握主流，肯定成绩的同时，时不时喝出一阵倒彩。在加大惩治腐败力度的同时，冷不防又在媒体上冒出一名贪官，有些那级别还真的高得吓人。文坛似乎早已耐不住寂寞，隔三岔五地涌现出一批新秀，那创作套路推陈出新，真有点使人眼花缭乱。娱乐圈子里的红杏出墙更是好"戏"连台，盖子一旦被揭开，常常是丑陋不堪。一位导演系刚毕业不久的朋友，谈到现在红极一时的女明星时，面带鄙夷地说："有哪一个不是睡上去的呢？"更有甚者，一名长沙老板曾骄傲地指着屏幕上一位女明星对笔者说，他曾通过经纪人用5000元的价格包了她一夜……

由于特殊的经历，无论是文坛还是政坛，我都能感受到一些弦外之音。我曾经在一篇文章里坦承，为了老百姓的利益，有时也想在某一个月白风清的夜晚，带几条拿得出手的香烟到某要员家拜访拜访。好多时候自己都觉得好笑，同一笔资金放在你这里可以，放在别的地方同样也行，何尝不去争取争取呢？更多的时候，为自己留一片清纯。

这些天来，老天爷似乎也要起了脾气，绵绵阴雨持续不停，使无限生机总是缺乏阳光。我想，越是这样的时候，越是该振作一下精神的时候了。坐进书房，想起姜福成先生的再三叮嘱：是该为自己的会刊写点东西了。赶紧把这些闲言废语凑上，真诚祝愿《宁乡文学》也为自己留一片清纯……

病房札记

　　两年前，当一次无情的车祸逼得我在死亡线上挣扎的时候，救护车把我送进了医院。告别那沉闷的空气，恐怖的病房，我的心一度灰蒙蒙的，当情绪稍微稳定一点的时候，我提起沉重的笔端，洒一腔爱的遗憾，吟成了一首悲壮的歌《刻骨之哀》，为那死难的同行，也为那些悲悲戚戚、不堪回首的日子。

　　去年冬天，身体的阴错阳差，上帝把我曾经疲惫的躯体又一次送进了那吉凶未卜的手术室里。三个多小时紧张的手术之后，泪流满面的妻指手画脚地招呼着陪护们把我推上了担架，顷刻，世间的一切变得模模糊糊，脑海里只留下一片空白。手术医生强打精神在向病人和家属做庄严的医嘱，六个小时内绝对不能动弹，否则后果不堪设想。我呆呆地望着天花板，恍惚在接受一次生与死的考验。

　　当黎明的第一束曙光射进病房，移动电话的闹钟响了，妻告诉我，这闹钟是在医生下达六小时不能动弹的指令后设置的。我忍着剧痛，艰难地挪动着湿漉漉的身体，像是熬过了一个漫长的时代。床头柜上是一张新来的都市晚报，谭仲池先生的诗评《诗中真歌吟》赫然发表在副刊头条，妻会心地拿起报纸朗读起来，"有时我想，在芸芸众生生存、追求生命过程和归宿的苍茫世界里，对于名、对于利、对于权、对于享受、对于痛苦、对于不幸、对于崇高、对于辉煌，会有那么多不同的答案和选择，会有那么多的争斗、阴影、悲痛、欲望，乃至冒险的冲动？历史的老人，又曾给我们敲响过多少启迪人生的钟声？为何人们还在困惑，还在莽撞，还在徘徊，乃至深陷迷途?"我想，此时此刻，我这病床上纷繁的思绪和文人加政客的谭先生这落地有声的朗朗忠言是何等合拍，何等心照不宣！

医生在做病房巡视，询问病人手术后的有关情况；护士在忙着例行公事，测体温，抽血送检；妻一面为我擦干额头的汗珠，一面在关爱地问长问短。我隐隐地预感到，最痛苦的时光可能已经熬过，脑海里便情不自禁地蹦出这么一个念头：尽管这一回艰难的病房之旅不知何日才是尽头，但这痛苦的冶炼不正是一种生命的升华吗?!

那一双手

　　也曾刻骨铭心地恨过，也曾轰轰烈烈地爱过，可这一切的一切都会随着时光的流逝而在记忆里慢慢地褪色，凝结成一个个美丽抑或忧伤的故事。唯有那一双手，在脑海里挥之不去，不停地弹奏着我记忆的琴键，像月光下汩汩的清泉，流出温馨的旋律。

　　这不是一双给予我爱的抚摸的手，也不是一双为我擦去腮帮泪珠的手，他没有出现在我该洗的衣服旁，也没有挥舞在我远行前的梳子边。然而，他却是那么深刻，那么清晰，那么难忘。

　　若不是亲身经历，是很难掂量出那双手的分量的。在那场惨不忍睹的车祸中，肇事者逃之夭夭，死难者其状悲悲戚戚，求生的欲望迫使幸存者在黑影中向着车流呼叫、呐喊。可是，宽阔的马路上，车灯依旧，车流依旧，急驶的车辆压过粉碎的玻璃，碾过遇难者的鲜血，一辆辆鸣着汽笛奔驰而去。此时此刻，就在幸存者绝望之中，一双手出现了。这是一双布满老茧，饱经风霜的手。是这双手，为我们送来毛巾，擦去满身的鲜血；端来冷水，让我们喝下后定神安静；拿来衣服，让我们穿上暖暖发抖的身子。是这双手，和闻讯赶来的医护人员一道，把幸存者抬到救护车上……

　　如今，三百多个日子过去了。幸存者均已康复出院，重返工作岗位。我们常常谈起那一双手，也将永远铭记那一双手。同时，我们也真诚地呼唤，我们的社会需要更多那样的手。"只要人人都献出一点爱，世界将变成美好的人间。"

用一辈子去忘记

当办公室的同事又一次把我的个人简历打印好分发给每位代表的时候，我才猛然想起，来到全民这方美丽的土地已经整整三年了。文学圈子里的人一定又在私下议论，这回总该又要看到他的什么狗屁文章了吧！

我呆呆地坐在办公桌前，脑海里不时浮现出这样一种三年一个周期的彩色画面，一次次兴奋，一次次惶恐。忘不了参加工作十一年后的《告别双江》，忘不了从闸坝湖旁打点行装去《情系资福》，人生途中，每一个艰难前进的脚印里，不知倾注了领导、朋友、父老乡亲们多少辛勤的汗水。此刻，我沉浸在全民三年温馨的回忆里，我在心里说，全民28000多名衣食父母，连同那倾注激情的62平方公里土地，我恐怕只能用一辈子去忘记。

在那承前启后，强力推进的岁月里，是全乡上下的全力支持，伴我度过了一个又一个寝食难安的日子；在那与死神博斗的病床上，是扎根全民的坚定信念，鼓舞我勇斗病魔获得了新生；在湘江水位顶托，几千亩农田惨遭洪灾袭击的时候，是勤劳勇敢的全民人民，万众一心，众志成城，夺取了抗洪抢险的最后胜利；在久晴无雨、旱魔横行的日子里，多少个日日夜夜，在抗旱的主战场，是千百双智慧的手创造了誓夺丰收的动人奇迹……

多少个月白风清的夜晚，当我认真地清理一天的纷繁思绪后，推窗眺望眼前那仍在紧张忙碌的高速公路和石长铁路时，车轮滚滚，马达声声，我总是陷入深深的沉思之中：沉睡的全民如何实现经济和社会事业的超常发展，真正使老百姓的生活水平有一个实实在在的提高。在这片开放的热土上，通过招商引资，能够诞生出一批像思远实业一样的外向型企业，让更多勤劳质朴的全民人民告别田头，走进车间，实现共同富裕。我们的村民又是以怎样的心态融入这势不可当的发展洪流而热血沸腾?!

刚刚开过新一届党代会和人大会，未来三年的宏伟规划在一次次热烈的掌声之后，几万双期盼的目光在等待着它的实施，作为一名乡镇的决策者，顿觉肩上的担子沉甸甸的。深思中，想起今年告别全民奔赴新的领导岗位10多位年轻伙计送给我的四个字：师恩难忘。一股暖流涌上心头，憧憬全民美好的未来，我真不知我该怎样去拼搏，怎样去忘记！

沩江，一条流淌着诗性的河流

一

或者，把一粒鸟鸣迁徙，我在城市的江边，虔诚地守候。

或者，把一缕相思从高楼搬到树梢，我让摇曳的风把它押回故乡。

绿色环保的记忆，沩江被安排在城市的中央。每一朵浪花，每一汪深绿，每一次汹涌，甚至连每一座高楼的倒影，都源于山脉。年复一年，为不息的流淌准备修辞。

凝望是一把无形的锁，锁住我童年的记忆，也锁住一条流淌着诗性的河流。我确信，一条江，反反复复的意象大多来自虚拟，其实，我与钟情的沩江，隔着年年岁岁的花红草绿，隔着父母长眠的一抔黄土。

在我童年朦胧的记忆里，一条江，就是我温柔贤惠的爱人的模样。凝固的江水，放飞我身上被相思捆绑的蝴蝶，抚慰着我的寂寞，把我的灵魂紧紧包围。

长大以后，我深深理解一条江的孤独。一弯冷月从天顶滑到天边，流连的钟声，一次次敲打我的无眠，我在不可触摸的黎明里，等待属于我的王国。

二

我曾经写过江边的柳，写的是柳梢上的春天。

此刻，我坐在江边，左边是静谧的沩江，恬静淡泊的母亲河，江水流淌着满满的爱意。右边是拔地而起的高楼，一个城市的标志性建筑，垂钓着古今默默的温情。

我的凝望不左不右，任江水带走流火的七月，让初秋的风，摇曳树梢上七夕的月光。在曲径通幽的景象里，让每一张石凳，都挤满爱情的故事。

在喧闹的城市，一袭月光的羞涩，往往比梦还要干净，月亮的背后，一定有一只爱的蝴蝶，追逐的脚步，折叠轻盈的翅膀，沩江的灯火，打开我生命全部的秘密。

只有午夜来袭的时候，我方能与你倾诉肝肠寸断。绵绵情话里，其实我已经告诉过你，那个生命里遇见你的人不是我。

命轻言重，时间永是流逝。你留下的忧伤，我陪伴的痛楚，或许在某一个节点就会绝地重生。怀揣燃烧的火把，失眠的群星，从秋天一步就将踏进春天。我正式宣布，现在朝你款款走来的，就是你魂牵梦萦的白马王子。

三

清晨的歌，声声入怀。黄昏的舞，曲曲牵魂。

沩江，情感的喷发永远不会停歇。而今，你隐性的张力，正以蓬勃的姿势迎接你崭新的命运。日月星辰，都是情的归宿，海枯石烂，都是爱的图腾。

古往今来，哪一轮明月都将倾诉对一条河的思念，哪一条河流都会面对天空坚守赤诚。月与河，不离不弃，河与月，一样的忠贞。

虔诚，洁净，源于一座山的雄伟。欢愉，灵性，融入一条江的柔情。巍峨的山峰，带给一条江的温度，缠绵的江水，留给一座山的眷恋。

我看着你从远古走来，我不和你说话，你懂。光溜溜的石头，打磨千年的传说，水落石出，在季节的拐角处，你举起猎猎旌旗，把两岸的沧桑抚平。

山和水，是沩江全部的意义，爱情和诗歌，是两翼隐形的翅膀。有你不屈不挠的韧性，才有你一路奔腾的完整和完美。

我和你，相视而笑，深情凝成一瞬，你中有我，我中有你。当我寂寞着你的寂寞，快乐着你的快乐，你便是我今生来世的爱恋，你便是我一生读不懂的诗经。

诗也关山情也关山

大江南北的目光在这里聚焦，先进的大众传媒在这里云集。

关山火了，因为情感，因为缘分，因为诗歌。

2012 年 11 月 10—11 日，湖南新乡土诗歌研究会骨干诗人会议，在湖南宁乡县金洲镇关山村（社区）攀攀楼接待中心隆重召开。我以原金洲镇党委书记和湖南新乡土诗歌研究会副主席的双重身份全权负责会务组织。

攀攀楼接待中心的董事长是我曾经的部下，我一个电话就把天线与地线天衣无缝地连接起来了。两天的会议，与会者非常开心，非常愉快。

会议以后，《湖南日报》科教卫新闻部主任、湖南新乡土诗歌研究会主席陈惠芳以《关山日记》的形式，连续发了 14 篇博文，从诗人的点点滴滴到湖南省里的厅官，跳荡的文字都在情韵悠悠的攀攀楼里轮回。尤其是《八戒跳水》和《泛舟"花猪湖"》，诗里诗外，给人一种强烈的画面感。新华社特约记者、湖南新乡土诗歌研究会首席摄影师郭国权以记者和诗人的独特眼光，及时捕捉了"八戒跳水"这一细节。当天晚上，他在关山忙到次日凌晨 3 点，把新闻稿传给了近 300 家网站和 10 多家电视台。著名诗人、湖南新乡土诗歌研究会副主席黄曙辉，以攀攀楼接待中心门前的"德"字为题，创作了质量不菲的自由体诗歌。

会议虽然已结束了一周，但诗人们还在回味着、激动着、思考着。

今天，我公私兼顾，再次深入关山，有幸和回乡的省市关山籍领导、县直有关部门负责同志，乡村组干部，企业老板，当地村民攀谈。关山的一草一木都这样充满灵性，让我止不住心动。

离开关山的日子里，我曾多次提起手中的笔，书写心中的感受。《关山印象》《关山的那些树》在报刊发表以后，已经收录进了我的散文集《太阳雨》，《情满关山》散文诗组章已经发在长沙晚报"相约湖南最美乡村"，《邂逅关山》《秀美关山，文人向往》已经记载了文人墨客相聚关山的喜悦。这次关山会议以后，我分别以诗歌的形式写成了《走过关山的葡萄园》，以散文诗的形式写了《关山情思》，博文发出以后，收到了很好的效果。

秀美关山，10多年的工夫，从一个远近闻名的穷山沟，发展成为老百姓真正鼓起钱袋子的社会主义新农村，我作为一名重要的组织者、参与者、见证者，真的有太多的感动，太多的幸福。

我永远记得1998年年初访关山时，那坑坑洼洼、颠颠簸簸的山路；我永远记得2001年，为关山村的村支两委换届，日夜的奔波；我永远记得2004年，离开关山的前夕，陪县委书记虢正贵、县长黎石秋来到关山村，就秀美村庄的构建集思广益的幸福时刻。

关山，注定要成为社会关注的热点。关山，注定要成为我人生道路上不可复制的驿站。离开关山的9年，先后有五位党委书记从这里走上领导岗位。和我一样，他们带着成功的喜悦，带着深情的眷恋；和我一样，他们还要回来，还要在这里留下深深浅浅的脚印。

我甚至不知道，为什么那么多的外国友人，忘不了关山；为什么那么多的将军志士，留恋关山；为什么那么多的文人墨客，欣赏关山。湖南新乡土诗派的战友，一次次来关山，一次次诗情勃发，一次次流连忘返。

在关山的日子里，我记不清多少次漫步关山。离开关山的日子里，我也记不清多少次重游关山。一次次的兴奋，一次次的感动。

我没有和挂着湖南省委常委的长沙市委书记陈润儿同游过关山，也没有和他交流过社会主义新农村建设的体会。我只是感受到他一种深深的民本情怀。如果说现在有人问我，关山最成功的经验是什么，我会理直气壮地回答，关山最成功的经验是人民群众建设社会主义新农村的积极性得到了充分的发挥。

"八戒跳水"，没有领导的倡导，也没有专家的论证。我不敢说，我能为关山做点什么。我只是想让更多的人知道，关山人在想什么、在做什么。在信息发达的今天，先进的传播手段能够热闹一个关山；在党组织亲民爱民的今天，勤劳勇敢的关山人民能够改变一个关山。

今天，我在和村干部探讨一个问题。土生土长的关山人中，有多少人能够动笔写一写关山。文化强国的今天，已经不是"渔工水师虽知而不能言"的时代了。

我愿意组织，我愿意指导，我愿意整理这些作品，进一步推介关山。

我愿意再次加入建设社会主义新关山的滚滚洪流。

秀美关山，我愿意向世界递上你这张耀眼的名片。

任弼时故居遐思

　　如火的七月，流淌着灼人的炙热。走进七月，就像走进一片火红的记忆。在隆重纪念建党 91 周年的大喜日子里，我们顺着湘江勃发的灵性，向着红色旅游胜地任弼时故居行进。

　　七月的大地，有一种鲜红在招展，七月的天空，有一股暗流在涌动。车窗外，摇曳的树叶，苍翠欲滴，一弯江水，送来田野稻花的芬芳。七月的渴望，穿越千山万水，汹涌的激情，荡漾着动人的宣言。

　　任弼时故居，位于汨罗市城南 45 公里的弼时镇弼时村，1904 年 4 月 30 日，任弼时在这里诞生，直到 1921 年和刘少奇一起赴苏联求学，在这里度过了 16 年时光。悠悠汨罗山水，吟诵着屈原的"上下求索"，吟诵着范仲淹的"先天下之忧而忧，后天下之乐而乐"。浸染了优秀湖湘文化传统，熏陶了浓烈爱国思想的故居，成了任弼时立志救国救民思想启蒙的摇篮，使得他成为我党早期主要领导人之一。

　　从长沙出发不到 40 分钟，汽车便停在了任弼时纪念馆的停车坪。万千景仰，万千眷恋，凝聚成一份沉重的思念，萦绕在心头。漫步广场，远远看见任弼时铜像高高屹立在青山绿水之间，吸收日月精华，护佑一方生灵。恍惚带着昨日的腥风血雨，挺起中华民族的伟岸脊梁，自豪地向我们款款走来。我们在铜像前毕恭毕敬地献上早已准备好的花篮，向这位中华人民共和国的开国元勋深深地鞠躬。

任弼时故居系土木结构，上下分为三进，共有大小房屋37间，全部为青瓦覆盖，三合土地面。这座典型的江南民宅，始建于清代，占地3600平方米，距今已有约300年历史，大门前有半圆形池塘，屋后有几十亩山林。中堂门额下"望重龙门""光照壁水"两块御匾，依然昭示着这书香门第昔日的辉煌与荣耀。

故居陈列室里，展出了任弼时同志在建团、建党、建军、建国四个方面极具震撼力、吸引力和感染力的200多件珍贵文物和400多幅照片。尤其难得的是展出毛泽东、刘少奇、周恩来、朱德、任弼时五位书记的蜡像，他们或坐或站，或思或指，栩栩如生地再现了运筹帷幄、决胜千里、气势磅礴指挥辽沈、淮海、平津三大战役的英姿。

随着讲解员熟练的讲解，我们慢慢得知，任弼时故居自1956年被列入湖南省重点文物保护单位以后，中央、省市各级部门对故居修复和保护高度重视。1988年元月，故居被国务院批准为全国重点文物保护单位。1989年，王震、余秋里、廖汉生等老一辈无产阶级革命家为任弼时铜像揭幕。2004年4月，湖南省人民政府批准任弼时纪念馆为正处级事业单位。在毛主席亲笔手书"任弼时同志的革命精神永垂不朽"之后，党和国家主要领导人邓小平、江泽民、胡锦涛又先后来到故居瞻仰、题词，高度评价任弼时伟大的一生。

新建的任弼时纪念馆，坐落在故居北面的月形山上，与故居土木结构的建筑风格浑然一体，以诗词碑林为主体的多个项目正在紧张的施工和完善之中。当地党委政府已经下定决心，要把故居建设成为一座现代化多功能的爱国主义教育基地和休闲观光的红色旅游胜地。

　　透过沉重的历史，我们不难看出，任弼时同志不平凡一生的丰功伟绩。然而，就在 1949 年开国大典的庄严时刻，这位身经百战的卓越领导人，却因积劳成疾，不能亲临现场，只能抱着收音机在玉泉山的家里收听伟大领袖毛主席那雄浑的乡音。一年之后的 1950 年 10 月，年仅 46 岁的任弼时在北京与世长辞。1951 年 7 月 18 日，任弼时遗体安葬仪式在北京八宝山革命公墓隆重举行，灵柩下葬后，刘少奇主席代表中共中央敬献花圈。洞庭湖畔，岳阳楼前，君山肃立，湘江挥泪，伟人故里和祖国大地一同沉浸在巨大的悲恸之中……

　　牵手伟人故里，感受"骆驼精神"。当我们依依不舍地离开任弼时故居时，心情久久不能平静。用心回首，遥望心中的圣地，我恍惚看见天安门广场那红旗挥动的海洋，任弼时正换上新装，与新中国的脉搏一起跳动，与亿万人民一起欢腾。

　　汨罗，弼时。凝固的历史，它必将吸引着一代又一代人深情遥望的目光！

樟树坡札记

自从我踏上这块神奇的土地，樟树坡这个古老的地名就与三万全民人民紧紧连在了一起。而窗前这棵枝繁叶茂的香樟树更是陪伴我度过了一个又一个难眠之夜。

温柔的灯光，呼唤着我的思绪，我铺开稿纸，牵着幽蓝幽蓝的梦幻走进那怅然若失的心房。案头上横七竖八地摆着明天党政联席会议将要出台的各种议题和决定草案，不显眼处是仲池市长那一本半新不旧的散文集《又见桃花开》。时值初春，窗外依然袭来一股寒意，不知何故，此时此刻，我的心绪竟然和仲池市长是那样惊人地相似。

大凡写文章的人都会有这种感觉，不是情绪激昂或者极度悲痛之时是很难提笔写点什么的。这段时间整个工作来势都不错，是该培养一点闲情爬爬格子了。

不敢辜负期盼的灯光，我凝视着案头这一叠尚未成文的初稿，拉开了想象的闸门。

这是一幅多么振奋人心的乡村图画啊！

那一片沉睡的乡村田园，在全乡人民的共同努力下，不久的明天，将通过长常高速公路，与省城乃至全国连成一片。公路的这一头，三五成群的外籍实业家，已雄心勃勃地在这里兴办工厂、组建公司。一些祖祖辈辈面朝黄土背朝天的农民走进了工厂，跨入了电脑生产车间。一些习惯于稻谷加稻草养家糊口的庄稼汉在稻田里引进了药材和花卉，昔日赖以生存的土地如今带着希望加入了股份公司。零星的荒山秃岭，已不再愁种植什么了，具有远见的农民兄弟已经三五百亩集约经营栽下了高效经济林……

人心难得啊！作为一名乡镇的决策者，如何乘势而上引导农民勇闯市场，抢抓新的发展机遇，在农业增产、农民增收上有所突破和建树，这恐怕不是简单说一说就能立竿见影的事情。

零点的钟声拉回我放飞的思绪。樟树坡，是该腾飞的时候了！

走进香山冲

　　还是在很久以前，我就萌发过一种激情，要到香山冲去游一游，看一看。自从一纸调令使我成了香山冲的邻居，这种冲动就愈加强烈起来。今年五四青年节，乘着参加全县纪念表彰大会的余兴，在一群青年朋友的簇拥下，我终于来到了这块神奇的土地。

　　没有事先的通盘计划，也没有周密的活动安排，甚至连换一双旅游鞋的机会都没有，说来就来了。沿着崎岖的山路往上爬，两边是郁郁葱葱清一色的竹林。没有旅游胜地的人工雕凿，也没有络绎不绝的喧闹人群，山上随手可以触摸到那股原始的野性。

　　竹林深处，急进的队伍开始放慢了步子，我舒一口气，轻轻扣击着竹子的枝干，就像我稚气的文字，力求弦外有音。从憧憬村外的风景名胜到游历祖国的名山大川，又从疲倦的崇山峻岭到今日的僻野荒原。

　　也许是文人的多愁善感，当我在沉思与激动中登上竹林场的最高峰时，一群大雁从头顶上飞过，直插云霄。这突如其来的风景，竟使我忘却了去欣赏那一眼见底的别致的农宅，灰色的高楼；光波荡漾的田野，蚂蚁般缓缓蠕动的汽车；还有那魂牵梦萦，如带的沩江……

　　离开香山冲时，是一个雨后又日出的黄昏，夕阳正缓缓地步向它最后的辉煌，它把最绚丽的柔光抛洒在慷慨的竹林场上，抛洒在青翠欲滴的片片竹林中。我挥手作别，脑海里忽然浮现出贺永强先生曾经为香山竹林描绘的那幅图景：那些绿色头饰绿衣素裙的女子在湖边亭亭玉立，脚下满是茵茵芳草，一直蔓延水中……

这一夜，我怎么也不能入睡。孤独的台灯下，思绪把稿纸一页一页地翻开……

那山，那水，那竹林，那大雁……

南太湖，我想对你说

　　最早听到有关南太湖的赞美，是在与原县委书记袁观清先生、原县长徐湘平先生共进午餐的餐桌上。听观清先生那不同凡响的介绍，真想早日能置身其中，一睹为快。无奈农村工作的杂乱无章，始终没有静下心来了此心愿。直到《宁乡日报》的美文《县城有座后花园》见报之后，这种愿望才变得越来越强烈了。说起来也真凑巧，就在下定决心要饱览一回桂林山水甲天下的美景时，接到了县文协主席姜福成先生的长途电话，文学协会已经安排去南太湖采风了。

　　说真的，我是怀着对南太湖的深情向往和对姜老的由衷敬佩之情提前离开桂林的，这份不言而喻的期盼便可想而知了。好在我们采风团一行十人乘坐的小巴车从县政府出发一路欢歌到达南太湖时，该村村主任早已等候多时了。女士们撑一把遮阳伞，先生们戴一顶黄荆帽，隔着沩江七月的酷暑，我们几乎是一路小跑上了石燕冲。

　　也许是由于南太湖的水，石燕冲的山独居闺秀而自成风景，也许是因为楚沩大地的文友们开发旅游资源的使命所为，我们确实很快就被这里盎然的情趣陶醉了。伫立湖边，碧波荡漾，静似天池；漫步林间小道，脚踏充满灵气的小石子，我们恍惚与小嘴尖尖、展翅欲飞的小燕子在林中嬉戏，我想，石燕冲也许因此而得名。远眺景区两旁，层层叠叠的墨绿色森林与县城遥相呼应，如带的沩江从山脚流过，直连着交通动脉上那漂着的小桥；近听林中，流水潺潺、鸟声啾啾，无不激起鸟在山间鸣、鱼在水中游、人在画中走的美感。

同行的摄影记者把镜头瞄准了诗意盎然的"夫妻树"，文友们争先恐后地在这极具传奇色彩的树旁留影。我这才有机会和那位热情好客的护林老人攀谈起来，这位年过半百的钟志汉在这里一守就是十多年，守着森林、守着希望、守着执着，也守着他那半辈子难得的清纯……

带着依恋与憧憬走下山来，村妇女主任已经备好了丰盛的饭菜，历经铺乡人民政府的法人代表也闻讯赶来了，从他随带的《宁乡县南太湖旅游休闲度假公园招商建设指南》中得知，这位年轻有为的乡长现已是南太湖开发领导小组的组长了。原来开发南太湖森林资源早已列入了乡党委政府的主要议事日程，八大招商项目均已经过专家评审。举起欢乐的酒杯，南太湖，我想对你说，在湘平、正贵先生加快"超常规跨越式"发展步伐的今天，有志高、照舒的坚强领导，我们完全有理由相信，这座"宁乡县城的后花园"一定会更加繁花似锦，锦上添花！

黄材水库遐思

　　已经好长时间不曾静下来写点什么了，一方面是因为繁杂的政务，另一方面则是因为与日俱增的惰性抑或江郎才尽的尴尬。正在犹豫还要不要为作协做点什么的时候，接到了姜福成先生去黄材水库采风的通知。大灾过后作为黄材水库尾灌区的一名代表，正好去圆抚慰汋水之源的梦想。

　　恰逢十一长假，我们一行九人便兴致勃勃地在县政府机关整装待发了。建华局长是乡镇领导中的一名老兵，也是多年的老朋友了，我便就势上了他的三菱吉普。汽车从宽阔的宁横公路直奔黄材，透过两旁丰收的景象，看得出来，建华局长的心里有多么激动。作为一名肩负近 40 万亩农田灌溉任务的灌区负责人，还有什么比大旱之年把旱灾损失降到最低限度更为高兴的事呢？

　　约莫一个小时，我们一行便来到了黄材水库，宾主双方在会议室简单交换情况后，便直奔采风主题。按照姜福成先生的整体安排，上午步行近距离感受，激发灵感，下午乘船踩点，全方位觅踪。

　　登上水库大坝，我的心不禁一阵阵紧缩，历经了这场持续的特大干旱，展现在我眼前的库区，处处是山野裸露的肌肤，微风吹拂，万亩林场在饥渴中惭愧地低下了头，干涸见底的水库留下的是万千条蜘蛛网似的裂缝，随行的摄影记者赶忙拍下了这几十年难遇的奇观。

此时此刻，伫立长堤，你什么都可以想，什么都可以不想。这座始建于 20 世纪 50 年代末期，而后陆续配套的大型土坝，在那生活集体化、行动军事化、生产战斗化的年代里，宁乡人民不知为此付出了多少艰辛的劳动，甚至献出了几多宝贵的生命。记得孩提时，父亲讲述最多的就是建设黄材水库的故事。父亲那时是生产队里的劳动骨干，常年上黄材水库工地。他一生勤劳、质朴，最幸福的时光便是和共和国主席刘少奇同志一起在黄材水库工地上参加劳动。父亲去世以后，我们把他安葬在老家黄材水库的北干渠旁，让一年两季的哗哗流水陪伴他在九泉之下安息。

应该感谢黄材水库的管理者们，是他们在抓好防洪、发电、通航、养鱼、自流灌溉等硬件设施配套的同时，把旅游开发摆上了重要的议事日程。听着建华局长的介绍，和着文人的想象，一幅美丽的黄材水库旅游画卷立刻浮现在眼前。临堤远眺，青山倒映，碧波千顷，湖天一色的壮观场面无不令你心旷神怡；登上汽艇，溅水成雾，击浪飞鱼的欢情快意无不叫你流连忘返；舍舟登山，万亩林场，清气可人的温馨享受无不使你顿感天外有天；入夜观景，平湖映月恰似镜里藏娇，湖光山色无不激起你深深的眷恋之情。同庆寺，祖塔遗址，宋代张基等深厚的文化底蕴一路把你带进久远久远的历史长河，让你一同去感受"不愿归葬先人墓左"的豪迈气概！

哟，神奇的黄材水库，你总是带给人们无尽的遐想……

我们一起走过

　　凡是写过文章的人，大概都忘不了第一次发表作品时的那种兴奋。我的这"第一次"便是在 1984 年冬季双朱公路通车时，数以千计的民工欣喜地看到自己的辛勤劳动被印在了《宁乡农业报》上的时候。兴奋之余，我也因此而成了当时十分吃香的党委秘书。在那个文化生活还趋于单一的年代里，写稿成了很多人的业余爱好。我清楚地记得发稿 360 篇的那一年，冠军却被县直单位的刘明坤先生夺走了。后来《宁乡日报》复刊，我幸运地成了报社的第一批通讯员。

　　一晃 10 多年过去了，《宁乡日报》在 2003 年迎来了出版 2003 期的大喜日子。2003 期，2003 次追求；2003 期，2003 次牵挂。正是这一次次的追求，一次次的牵挂成就了报纸的大业。揣着一张张散发着油墨芳香的报纸，我们欣喜地看到：她已是拥有国内公开刊号的全省一类报了；当年为报纸悉心写作的通讯员，有的因文从政，政余从文，告别了宁乡；有的已不再满足于短消息、"豆腐块"，做起了小说、诗歌、散文。谁也不曾料到，在《宁乡日报》的精心指导下，宁乡拥有了自己的几十名作家、诗人，拥有了像模像样的作协和诗协，凭着宁乡人自己创作的几十本专著，赢得了"全国诗词之乡"的美誉。

　　10 多年来，我先后在《宁乡日报》和全国各地的报刊、电台发稿 1000 多篇，捧回了大大小小的一堆奖证和赏银，成了长沙市作家协会宁乡分会的一名副主席。这一方面能使自己在五颜六色的文字天地里，一获庖丁解牛的惬意；另一方面也着实影响了包括下属在内的一批文学青年，在物欲横流的市场经济时代，能静下心去玩一玩文字游戏，洗一洗浮躁的大脑。

有人说，时间可以淡忘一切，但我与《宁乡日报》的感情却与日俱增。转眼之间，好多春秋的年轮在繁杂的政务中悄悄走过，而与报纸温馨的记忆却像一缕不绝的琴音，与我的情感合拍，它记载着我曾经有过的梦想、欢乐和幸运，记载着我刻骨铭心的思念和憧憬，并且时刻提醒着我，在这个幸福的世界里，我该怎样去开创更加美好的明天！

怀念江堤

　　"很晚很晚才认识江堤，以至于再过 60 小时就是他生命的终点。可是，当时没有人知道。"这是蒋子丹先生在一家晚报倾诉他那挥之不去的刻骨之哀时的开篇语。而当我提笔写这篇怀念江堤的文章时，我却只能说：江堤，我今生可是无法再圆见你一面的梦想了。

　　江堤，中国作家协会会员，诗人，散文作家，湖南大学岳麓书院副研究员。1987 年发起中国新乡土诗歌运动，出版《新乡土诗派诗选》等流派选集 4 部，个人诗集 9 部。他 1985 年从湖大毕业留校任教，13 年前又去岳麓书院找到了最适合他的工作和生活，他策划的千年讲坛电视节目，不仅使亿万观众受益匪浅，而且让千年学府也被世人重新认识。41 岁的江堤，正是才华横溢诗情澎湃的时候，他却静静地走到了另外一个清凉的世界，留下的，只是报纸上一大版一大版黑乎乎的伤痛！

　　第一次与江堤神交，还是 1989 年的事，其时，他使用的笔名还叫作礼拜六。那一年长沙市广播电视局先后有几批社教队员来到双江口镇蹲点，其中好几个都是江堤的文友加朋友。当时我从党委办公室选进政府班子，已经不具备掌握大量新闻素材的特殊优势了，业余创作便开始向散文过渡。社教队员中，清一色的青年记者，都是刚从大学毕业不久参加工作的新手。在那个文化生活还趋于单调的年代里，我作为一名爱好文学的所谓领导，很快便入了他们的同盟军。我们一起谈未来，一起谈文学，一起谈江堤。他们说，我的作品经过江堤认可，创作功底已经达到"业余类的一流水平"了。好在队员中的阿丙那时便已经拥有一家报纸副刊稿件的取舍权了。因为后来才知道的原因，社教工作没有延续下去，我们也只好连着沩水湘江书来信往了。虽然那个时候我还不曾见过江堤。

后来，很多机会去长沙，到底时过境迁，当年的社教队员中，江堤那一批活泼可爱的文友，有的弃文从商，有的大雁南飞了。只有阿丙固守着她那一张情有独钟的报纸，直到当了报社的总编；还有一位帅哥，潜心于电视新闻研究，以至于成了新闻频道的总监。常在他们的书房里翻到江堤先生签名赠送的新书，只是，我还是无缘去一见江堤。

由于工作关系，我也常去湖大，每每总是来去匆匆，我终究没能抢抓机遇去一见江堤，去聆听他娓娓道来让人如沐春风的关于书院的讲解。今年七月，我因联系招生事宜再次来到湖大，尽管在书院的门口几度停留，但还是没能下定决心去拜见江堤，这位曾经十分关心我写作的老师和兄长，以至于十多天后框在他名字上的那一个黑框竟成了他生命的终点，我这才意识到这一次停留注定要成为我这一生的憾事！

当我静下心来整理这篇文章的时候，正是江堤离去的百天忌日，万千思绪化成深深的怀念，我只是在心里问：江堤，你在天堂还好吗？

好想写诗

步入中年的时候，突发奇想地冒出这么一个念头，着实把自己都感动了一阵子。冥冥之中，铺开稿纸，我已隐隐约约地感觉到心态都似乎年轻了许多。

国家一级作家、长沙市人民政府市长谭仲池先生在为一位年轻诗人的诗集作序时，一开腔便说，诗是很美丽的精灵。也许正是这一句平常的话语激发了诗人的灵感，他在后记中情不自禁地来了那么一段毫不吝啬的首尾呼应：诗，是悟，是禅，是天边的云，是草尖上的露；是薄雾般的梦；是星之眼，湖之谧，海之阔。诗，是心情，是心境；是感动，是热泪；是解不开的结，是敲不响的痛，是唤不回的念。看来，诗这东西，确实有它不可低估的内在魔力。

其实，年轻的时候，很多人都喜欢诗。随着时间的推移，生活的磨炼，不少人自觉不自觉地离开了诗。曾经好长一段时间，都说写诗的人多，读诗的人少。我想这种统计未必有科学依据，写诗的人都是通过写作表达自己的心情，再怎么拿不出手的诗，至少也会有它——对应的读者，总不至于读诗的人还会少一些吧！

应该说是网络帮了诗人的忙，或者说是网络拯救了诗歌。不要说多于牛毛的网站，就是随处可见的移动电话，都成了诗歌的载体。上班的路上你打开手机，那清脆的信息提示音便会告诉你，那里有某位诗人昨夜的杰作！

"总守候一方空间无人走过/总等待一段时光无人爱过/在心灵的一角/静谧无尘/多少心事印在梦里/多少惆怅留在心中/多少秘密封存在灵魂深处/一生都不能轻易对别人说起。"这传过来的信息不正是一首缠绵不尽的散文诗吗？难怪仲池先生说，诗是诗人的情人，也是读诗朋友的情人。自己的心上人，让她人见人爱，楚楚动人，不企图她能倾城倾国，但也期望其能闭月羞花。

如果真的东西是美的，那么一段心灵的真实写照，就是一首很美的诗。早些时候一群青年男女聚在一起，谈各自的初恋经历，一名男孩脱口而出：岸边有两棵树/相望已久/彼此忘却了河的存在/一不小心便掉进了河里。我不禁为之叫绝，这不也是一首激情奔放的爱情诗吗？

仲池先生说得好，就让我们老老实实，自甘寂寞，不改初衷地去写好自己的心情吧！

故乡，那一抹冬日暖阳

　　周末想回一趟老家，放松放松心情。今年的冬天有点特别，已经好长时间没有天晴了，老家还留了一节泥巴路，于是特别渴望晴天，果然，老天爷如了我的心愿，送过来一缕阳光。

　　阳光金灿灿的，晶莹、洁净，像怀春的少女，胀红着脸，吻着大地湿润的唇。我屏住呼吸，让多彩的画幕，轻轻地流动，无声地浸染，尽情地飞舞。

　　避开城市的高楼，我走在回乡的路上。一把把闪光的利剑，冲破笼罩大地的浓雾，以爱的姿势，洒向乡村。

　　冷风吹起，江南的冬天，依旧流淌着苍翠的绿。漫山遍野的叶子，舒展着经络，在阳光里贪婪地追逐沐浴。放眼望去，虽然时值冬天，可那坚韧的绿、血色的红，却并不介意暖阳的眷恋，争奇斗艳，把路旁的景象幻化得万紫千红。

　　迈开深深浅浅的脚步，越过一扇又一扇篱笆，往事一幕一幕浮现在眼前。故乡的风景依旧，我却永远也找不到那个在寒风中坚强女人的身影了。

　　"后来啊，乡愁是一方矮矮的坟墓，我在外头，母亲在里头。"我不知道，诗人为什么要写得如此贴切而又凄凉。以至于这些年来，每每记起这些伤感的诗句，恍恍惚惚中感觉诗人就是专门为我而写的，切切的思念挥之不去，沧桑的岁月，怎么也抹不去这一袭别样的情愫。

漫步在故乡的山塘边，浅水映照着一方残绿，柔软的阳光透过树木，斑驳地洒在我的身上，让周围的景色在阳光中弥漫，构成一幅静美的乡村画卷，水静树静人也静。空茫的静谧中，湿漉漉的思绪与美妙的大自然融为一体。携一份执着，揣一份情怀，让宁静、成熟与祥和在这里找到最好的诠释。此刻，暖暖的天地，仿佛已经只属于我，空旷，轻盈。

没有春光的绚丽，没有夏日的狂热，没有秋天的明媚，沐浴在冬日的暖阳里，什么都可以想，什么都可以不想。抛开世俗的万般无奈，我在自由自在中，放飞自己的心情，享受这故乡无边的温馨。就像一杯清茶，雾气袅袅，苦中有甜，苦中有香，让人回味万千。有了阳光就有了温暖，这个冬天便不再只有天寒地冻。有了阳光就有了绚烂，这个冬天便不再只有银装素裹。从大地到天空，故乡的每一缕阳光，都有我深情的眷恋。

静静地，我把思绪拉回到窗外那片阳光，凝望着阳光留给我的余温，心情在惬意中渐渐凝重起来，离开故乡，不知不觉二十多年了。不管是月白风清，还是狂风暴雨，故乡的影子总是在我脑海里轻轻摇曳。土地，庄稼，山川，河流，还有父老乡亲那纯真的笑脸，凝集成一部厚重的经书，尘封着我的思念，迫使我在城市的鼾声里，将它一遍又一遍翻起，虔诚地阅读，在每一页的字里行间，咀嚼着浓浓的乡愁。此刻，躺在故乡温暖的怀抱里，我终于有机会敞开心扉，让阳光卷走冬日所有的懒庸和厌倦，让回忆和憧憬在温热中升华。

搬一把椅子，我坐在故乡的柴垛旁，默默地享受这冬阳和温暖，什么也不想，什么也不做，让丝丝缕缕的阳光渗入肌肤，渗入血管，流淌在不再疲倦的体内，纯净我久违的心境。故乡安详的村庄依旧，故乡暖暖的阳光依旧，田边迎风的狗尾巴草，屋前缠绕的葡萄藤，在阳光辉映下，显出别样的晶莹。用心聆听，乡音在故乡铁青的沃土里流淌，清脆的鸟鸣，是故乡的喉咙里发出的叮咛。后山里叽叽喳喳的山雀，在怯生生地叫着我的乳名。难怪在离别故乡的日子里，乡音引发的离愁越聚越浓。

走过岁月的坎坷，历经人生的风雨。我深深知道，人到中年，生命也将步入人生的冬季。时光的流逝，我们无法挽回；季节的交替，我们无法改变。置身在人生的冬季，也许，梦想将不再青春永驻，生命将不再五彩缤纷。但是，我们不能长眠于冬季，不能让心情在冬季里枯萎。

一切等待，将不再是等待。用心寻觅人生暖暖的阳光吧，走出寒冷，让郁闷的心灵接受阳光的洗涤。感受人间的默默温情吧，阳光普照，血浓于水，我要让人生的真谛，掠过故乡那一抹冬日暖阳，在生命的进程中一样芬芳，一样甜美。

不与秋天说再见

　　神奇、古朴、宁静的月山，像一尊巨佛，侧卧在宁乡西部的崇山峻岭之中。并不遥远的距离，可以用梦拉近，更可以用脚步拉近。

　　深秋的一个周末，应县美术家协会的邀请，我和画家们一起，走近月山，走近这一片静得有些唯美的土地。

　　上得山来，我讶然于山野季节深处的一抹秋色。蜿蜒的山路，把满坡的深绿撕开。山高水长，裸露的山崖，流出汩汩清泉，秋虫的呢喃和着潺潺流水，把林中的寂静抒到极致。

　　同行的画家们，随意找一块石头坐下，已经开始了他们的写生。怡人的秋景杂糅着水墨和工笔，有如意境深远的巨幅白描，不忍惊扰这难得的宁静。沿着崎岖的山路，我徒步向前，层层叠叠的风景扑面而来，强烈地冲击我的视觉。

　　放眼望去，野菊花开满山坡，白色的、黄色的、红色的花瓣挤成一团，像是微寒大地盖上的毛毯。野紫苏开花了，毛茸茸的花束，在微风吹拂下，就像一条条兔子的尾巴，惹人喜爱。山茶开了，洁白无瑕，亦如春天里的栀子花，散发出诱人的芳香。

　　野苎麻结实在秋天，沉甸甸的种子，像一串串褐色的珍珠，非常抢眼。马尾草迎风摇曳，单薄的心事悠悠，不知名的野花竞相开放，像是统一穿上的黄色马褂。寒蜂仍在忙碌，在这藏在深闹的月山，延续着蝶舞蜂飞的神话。

攀爬在石壁上的藤蔓，不时回首走过的路，看看绿叶掩映下光溜溜的石头，油然而生一种豪迈。竹林深处，参天的竹竿在白云簇拥下垂钓天空。

婉转的鸟鸣，携来深秋的寒意，冷冷的气息，已经挂满枝头。蚂蚁在落叶丛中苦苦寻觅，用辛劳储备一个冬天的粮食。风从山顶刮下来，带着飞流直下的势能。水，真的绿了，荡起的微波，像镶嵌在深潭里的碧玉，清凉沁人心脾。

也许，深秋就隐藏在这些波澜不惊的陈述里。秋的高远，秋的辽阔，依然以爽朗的姿态，在诗人的眼里一如既往地沉默着。

当地的一位长者，站立在路旁的一棵枫树下，像是扎根在这片深爱的土地，就这样静静地红着，和着村庄，和着山野，悠扬地抒发着自己的情感。偶尔升起的几缕炊烟，亲热地和我打着招呼，以山的姿态，招引那些游荡的魂魄。

回首告别月山，风还在吹，飘落的枫叶，在金黄的舞蹈中，穿越一个秋天的梦。还有枝头摇曳的几片树叶，紧紧抱着寒冷，像秋天留下的最后几颗门牙，使劲地咬住秋意，在这轮回的季节里，不与秋天说再见。

享受生活

当我写下这个题目的时候，我的记忆中是我的一个博友对他文学生涯的一种见解。我毫不介意地告诉大家，我十分认同这种生活态度。

在各种文化产品一窝蜂地摆在你的面前，让你难以做出选择的时候，我依然欣赏那种纯粹用心灵写作的方式。一遍又一遍地看，一遍又一遍地读，虽然记不清文章的具体内容，但至少能够记下每一篇文章的题目。我喜欢简单，就像喜欢单曲循环一样，一定要循环到厌恶，然后才能放弃。放弃一段时间后重新试听，那涌上心头的万千思绪，才叫真正享受生活。比如李谷一老师的《心中的玫瑰》，我对曲子的钟情，不亚于我对天天要用的"沩山毛尖"这个宁乡唯一的钟情。

小的时候，一心想当作家，走向社会的时候，也正赶上 20 世纪 80 年代那一股文学热潮。面对文学的种种诱惑，我几乎是不加思索地全身心卷了进去。

去年，市委组织部的刘怀彧先生和客居长沙的黄沃若先生，以宁乡文友的身份准备主编一套宁乡文学的丛书，湖南人民出版社高等教育出版分社的龙仕林社长亲自担任责任编辑。人一高兴，我一次便申报了两本。在诗集《故乡的风景》后记中，我写了这样一段话：20 世纪 80 年代，大凡年轻人都热爱诗歌，我作为一个地方正儿八经的青年头子，自然少不了写诗、发诗。在那个人与人的交往简单如水的年代，青年人稍有动作便可引来极大的关注。现在回想起来，也许自己都不敢相信，我就是凭着这点可怜的爱好，很快得到了组织的重用。后来责任编辑一来劲，便把这一段话单独拿出来放到了封面。后来我把这两本书送顶头上司批判，又一次得到组织的重用。再后来就有了创作如同上班，上班如同创作一样的惬意。

慢生活里，同样有五颜六色。时常有人问我，现在管着多少人，问话的这些人，自己也时常泛着惊诧的眼神。如果要我说真话，我现在就管着一个人，那就是管好我自己。就像一个人必须长期管着我一样，那也是我自己。自我管理，自我约束，概括文学艺术界的生活情形恐怕再适合也不过了。

著名诗人陈劲松先生，在他的《弯下腰去》里这样写道："为了取出那本诗，我不得不弯下腰去。"面对被浩瀚文化包围了的文人，是坚持还是放弃，也许只有文人自己才能知道。

弯下腰吧，深深鞠躬吧，让我们卸下所有的伪装，尽情享受这诗意的生活。

郑建华和他的战友

　　由于经常加班的缘故，我有幸结识了物业公司的总经理郑建华先生。当然人与名字完全对号，还只是一个小时之前的事。

　　初识郑建华，是在某一个清晨，机关大院上班高峰期，一个车辆停靠的专业指挥手势里。在外表着装千篇一律，内在素质参差不齐的保安队伍，能够凭借短暂的肢体语言引人注目的人，不外乎公安干警和复退军人，我就是凭着这种直觉，慢慢走近郑建华的。很快，我就从铁路公安的视线里证实了我的这一份直觉。

　　五大三粗的汉子，操着一口比宁乡本土略胜一筹的普通话，时不时出入在物业公司的指挥一线，引人注目是理所当然的事情，只是当时并没有人能够知道他的头顶到底有没有与别人不一样的光环。凭我的猜测，这种外表有点夸张的人，应该是很少有人能走进他的内心世界的。这样的机会说来就来了，在他一个女同事生日聚会的餐桌上，我拨通了邀他一起共进午餐的手机。现在回想起来，我甚至不想知道，他来得为什么那么快，那么令人精神为之一振。也就在这个餐桌上，也就在围绕这次聚餐你追我赶的调侃中，我发现了一名堂堂男子汉的温柔，我发现了一名职业经理周身散发出的活蹦乱跳的文艺细胞。

　　知道他是军人，就像知道他的名字一样，只是今天一个小时之前的事情。他加了我的微信，交流的第一条信息就极具军人色彩，一位小战友写的即兴文章，请予点评。我一口气读完这篇没有署名的心情文字，真真实实被这一份浓浓的战友之情所感动，那种"不加防范与掩饰，不带任何斗争与功利"的交流与表述，深情地敲打着一颗不是军人却常常心系军营的所谓作家的心。我几乎不假思索，像往常发现重大创作题材一样，提着写作包，带着茶壶，径直走向沩江岸边的石凳，我要为郑建华，更要为他的小战友这种带着体温的文字写点什么。

在文学已经没有了正常体温的当代，在真正的文字找不到知音的今天，一些专业作家也放下手中的笔，不再琢磨文字，不再热爱写作。而在不经意的时候，我却有缘读到了建华这位小战友清新的文字，在不经雕刻的记叙中，色光四溢，味香远久的战友情怀浮现在闪烁的幽蓝里。也许，他的这位小战友至今还没有头顶作家的桂冠，可他这种心灵的表白，已经远远胜过了作家两个字本身。

越是真实的文字，越能激起人们的共鸣。正如我的顶头上司何立伟先生称赞一位作家朋友所说，真正的好东西，是流行不起来的一样，这些心情文字也许永远不会收进某一本畅销书，但它的艺术感染力必将久久地留在人们的记忆里。

细细算来，我已写写画画三十年，饱尝码字的酸甜苦辣。我想，如果再写三十年，未来的日子，我一定会钟情于文字的白描。夜深人静的时候，我常常敲击键盘告诉自己，文字首先要感动自己，才能感动别人，越是真实的东西，才越是经得起历史检验的东西。权且絮絮叨叨这么多，与建华兄弟，也与建华兄弟那位小战友共勉。

2014：绕不开的创作话题

　　一年一度的博文，总想为自己留下一些清纯的记忆和文学的符号。今年也不例外，刚刚把宁乡两位老报人，徐哲兮先生和黄沃若先生送出办公室，就想起写博文的事。说起来很惭愧，我还是第一次正儿八经地拜会徐哲兮这位宁乡文学界的前辈。此刻，我坐在电脑旁，往事一幕一幕，直接在键盘上敲下了"2014：绕不开的创作话题"，有些矫情，也有些不知所措。其实这种忐忑与不安，已经持续好几天了，接近年关，文学艺术界的大事、喜事、雅事接二连三，我都习惯性地在博客上一一体现。每一次博客的更新，都像是今年的最后一篇博文。26日，回顾湖南新乡土诗派三年来一起走过的风风雨雨，我应该为之写点什么；27日，《沩水》创刊号印刷完毕，回想半年来的酸甜苦辣，作为主编，我也应该为之写点什么；28日，《农民日报》电子版上出现我的诗散文，作为一种新文体的首批探索者，我更应该为之写点什么；29日，应《娄底晚报》的邀请，为他们的特刊写一首诗歌《元旦的颜色》，这已经是第三次应邀书写新年了；30日，学着文学老师的博客"清仓"，办着一年文学作品发表和参加文学交流活动的决算。

　　在我的第四本文集《杨罗先微诗选》的后记中，我这样写道："生命在发展中，要把五彩缤纷的生活凝固下来，只有诗歌的力量，可以穿越时空。2014 年，在我生命的进程中，注重是浓墨重彩的一年。我集中所有的业余时间，坚持每天读书、写作 12 小时以上，截至十月底，在全国报刊和网站公开发表诗歌 938 件，可望提前完成自定年发表总量 1000 件的目标。在远离喧嚣的精神世界里，诗歌，成了我生活的全部。"2014 年，我应该好好总结的是，一年来，我如愿以偿地在全国报刊杂志和网站公开发表作品 1041 件，所有作品传播的都是正能量。在这个书报成堆的办公室，也许没有人知道，我究竟洒下了多少汗水，流下了多少泪水。除了各位编辑老师的关心厚爱之外，我可以问心无愧地说，一年 365 个日子，我没有节假日，也没有星期天，在宁乡的每一天，我都到了办公室。

在这里，我想说说我们的《沩水》，这一本刊物的诞生，刚好经历了一个婴儿怀在"娘肚子"里的时间。筹备期间，先后得到两任宣传部长的指导。没有办过创刊号的同志，是绝对不可能体会其中艰辛的。我们的执行主编，特邀编辑，都是编外另有工作安排的同志，为了文学，我们义无反顾地走到了一起。非常庆幸的是，虽然历经千辛万苦，终于赶在 2014 年印出了创刊号，刊物质量，或许超过了我们预期的目标。

我还想说说我的短诗选和微诗选，这两本诗集挤在一年内完成，都在国家级出版社出版，内容都是当年的新鲜话，尤其近 1000 首微诗，在 100 天时间完成。现在回想起来，就一个字：爽！在湖南读书会和湖南高校文学社团组织精心安排的长沙大学专题讲座时，我讲起这些经过，喉头几次哽咽。

2014，围绕文学与创作，绕不开的话题，还有在毛泽东文学院参加湖南省中青年作家研讨班学习，参加北京"星火杯"全国文学作品征文大赛颁奖大会，参加内蒙古"玉龙文学奖"全国文学大赛颁奖与草原采风，参加《作家报》"践行中国梦"全国文学作品大赛颁奖与山东文学笔会，参加"中国长沙"两岸四地文化高峰论坛……点点滴滴，都将融入我的骨髓，融入我的脉管。

此时此刻，我应该感谢我的妻子，是她承担了全部的家务，当我在办公室潜心创作的时候，她不曾分散过我一分钟的注意力。我应该感谢我的儿子，是他把我布置的每一项任务都当作"最高指示"不折不扣地按时完成，没有讲过半句价钱。我应该感谢我的家人，是他们无一例外地只讲奉献，不求索取，让我能全身心地投入创作。我更要感谢在我工作、学习、生活中关心我的领导、同事、老师、同学、朋友，是他们让我知道，为故乡不倦地歌唱，是我义不容辞的责任。

夜正长，路也正长。权且写下这些文字，作为 2014 的感言吧！

想您，亲爱的爸爸

多少个难以入眠的夜晚，我在想您，爸爸；多少回提起沉重的笔，想写点东西寄托我长长的思念，可泪水一次又一次浸湿我的稿纸。我只有呆呆地坐在写字台旁，任橘黄色的灯光照着冰冷的泪滴。翻开珍藏在私人档案里的家书，回想和您在一起的日日夜夜，缅怀过去的风风雨雨，成了温暖我心头永远的"爱"和"痛"。亲爱的爸爸，我在想您……

18年前，不满18岁的我带着高考落榜的惆怅，一路哭喊着走进您那简陋的灵堂，顿时，天旋地转，我在悲痛欲绝中昏了过去。我永远不会忘记那揪心的时刻，那时，我作为人民公社培养的最后一批村会计正在县城参加经管系统组织的会计培训，结业考试前一天，表哥神色慌张地找到我，告诉我您患重病，要立即赶回。一种不祥之兆涌上心头，表哥走后，我心急如焚地拨通了当时放在大队长家里的电话，我怎么也不敢相信自己的耳朵，父子俩分别不过短短的一个星期呀！但是您真的离我而去了。18年来，我无时无刻不在想着那个撕心裂肺的日子。

亲爱的爸爸，18年已经过去，您曾经梦寐以求并为之毕生奋斗的故乡，如今已发生了翻天覆地的变化。您曾经送孩儿上学的村小，早已变成了崭新的教学楼；您曾走过的那条乡间小道如今已拓宽成了高标准的沙石公路；您安睡的那一片黄土山坡，在一阵隆隆的机器声过后，已变成整齐一新的旱田，乡亲们正在那里精心劳作，播种新的希望。

　　亲爱的爸爸，我想告诉您，您离去时最放心不下的四个儿女，如今均已成家立业，和您相濡以沫的妈妈早些年也安详地长眠在您的身旁。今年清明前夕，我们兄妹四人携您的孙儿一道为你们修好了墓地，几棵四季长青的松柏将永远陪伴着你们！

　　亲爱的爸爸，此刻，已是夜深人静，窗外雨丝不断，橘黄色的台灯伴着绵绵的思念，让我告诉您，儿女们永远爱您，想您，骨肉深情海枯石烂不会变！

如果你愿意就忘记我

　　尽管你我离别时的泪水，在过去了不知多少年后的今天，已经不再流淌，但当我再一次坐在电视机前，感受刘德华先生那真情流露的《男人哭吧不是罪》时，内心还是油然激起一股莫名的惆怅，孤独的时光里，我依然情不自禁地在为那段美好的回忆痛心地咀嚼着。

　　纵有千百条理由使我相信，世间的情爱一切随缘，但当你毅然拂袖而去时，我却没有挽留你，泪光给了你最好的祝福。艰难的岁月我只是一个人独坐窗前，去回味那在一起的温馨，不敢问你为什么，我怕打扰属于你的宁静，破坏那一份你我彼此都十分珍惜的情缘。

　　不敢奢望你的记忆里还会有我，就如同连日来络绎不绝的同龄人诉说的相思一样。幸福的人们有着共同的幸福，不幸的人儿各有各的不幸。读那些原本不怎么喜欢的诗集，听那些欢快里夹杂着些许忧伤的音乐。上班时，不断地调节自己的情绪，不敢让工作有丝毫的疏忽；悠闲时，努力使自己振作起来，不敢让精神有丝毫的损伤。唯独使我欣慰的是，即使是你离去之初的那场狂风暴雨，我都没有轻易倒下。

　　今夜，静悄悄，窗外下着毛毛细雨，茫然的心境不知为什么突然使我想起老县委书记杨世芳先生的散文《听雨》，陌生而又恍惚熟悉的两代人，不同的年代，相似的感触。抬头望去，喧闹的城市此刻却是异常地宁静，案头摆着徐志摩的长短句精品《偶然》，我一边在认真听雨，一边在心里说，如果你愿意就忘记我……

亲爱的，我想对你说

我和你相识，就像沙漠里两粒沙子相遇，是这样偶然，也是这样必然。没有情感的波澜起伏，也没有动人的海誓山盟，一切都像命中注定，从相识到相恋，平平淡淡，简单得不能再简单，顺利得不能再顺利，到如今，我们相携相伴，已经是编制齐全的三口之家了。

亲爱的，我想对你说。

在我们两地分居的日子里，我很想念你和孩子，但是，每每休假回家，我又怕见到你和孩子，当我把美妙的构思带到你们身边，那炽热的情感烫得我常常是一个字也写不出来。当我离开那简陋而温馨的家，你一句普通的牵挂之语也许会让我神情恍惚，孩子追着要爸爸要爸爸的哭闹足可搅得我心乱如麻。

亲爱的，我想对你说。

春节即将来临，按照传统的习俗，各个单位都会安排一定时间的假日，让忙碌的人们丢开疲倦的工作琐事，好好地乐一乐，开心地玩一玩。这难得的清闲，也正是我静心坐下来整理思绪，缩在书房里爬格子的大好时机。凭我的经验，一年一度的春节，还是很少有人打扰的，这是一段真正属于每一个人自己的时间。躺在沙发上，什么都可以想，什么都可以不想；坐在书桌旁，铺开稿纸，想写什么就写什么。唯一使我理不直、气不壮的还是你和孩子，为人夫，为人父，也许，我更重要的是要照看孩子，给你们多增添一点节日的气氛。明天就要放假了，怎样才能做到两全其美呢?!

　　亲爱的，我想对你说……

关山的那些树

　　进城的那一年，我自作主张，把单位的新同事全部拉到关山，为的是让他们走出喧闹的城市，去感受乡村宁静的气息。那时的关山还只是我的工作联系点，人走茶未凉，村支两委的负责同志热情地接待了我们。

　　时间过得真快，一晃就是七年。当我再次把同事们带到关山时，神秘的关山已经是省委常委、市委书记陈润儿先生，县委书记黎石秋先生城乡一体化建设的联系点了。

　　随山移水转，在高标准建设社会主义新农村的热潮中，关山越变越美，曾经留在我印象中的那些老路、那些老屋、那些带着些许贫穷的记忆早已不复存在了。剩下那些挺拔的树枝在风中摇曳，勾起我往日甜美的回忆。

　　我把同事们安顿在农家乐后，独自踏上新修的乡村公路，逆着奔跑的时光，寻觅当年依稀的印记。葱茏的绿色里，那些似曾相识的面孔便是常年守望关山的树，它们的根紧紧地抱住脚下的土地，生死相依，不离不弃。就像村子里那些年长的爷爷奶奶一样，他们或许一辈子都没有离开过村庄，默默地守候着精神家园，用心珍藏着关于村庄的记忆。也有公路两侧那些排列整齐的树，一眼望过去都是一个接一个相似的面孔。看得出来，它们都是随城乡一体化建设的大潮，从四面八方新来关山安营扎寨的。

　　一样的山，一样的水。置身在关山肥沃的土地，不管是根深叶茂的老树，还是茁壮成长的新苗，都可以尽情地吸取大地的营养，挥舞着婆娑，纷披着绿色，高举着生命的旗帜，傲然挺立在乡村的某一个角落。

　　或许这些记忆都只是萦绕在脑海中一种长长的思念。这些土生土长枝繁叶茂的树，这些远道而来充满生机的树，是难得的机缘让它们在这里物以类聚。此刻，我在键盘上随意地敲打，但愿它能化作习习凉风，去劲吹关山的绿。

　　那是眷恋的绿，那是憧憬的绿，那是充满深情的绿……

我已经敲不出令人感动的文字

　　我们相识的时候，县城好像还没有"粉丝"这个概念，你就这样傻傻地情不自禁地欣赏着，我几乎没有太多的思索，怎么说呢，被人欣赏总比被人讨厌好吧，时间就这样年复一年地轮回着！

　　随山移水转，笑与泪，悲与喜都已经呈现漠然的态势，我感觉自己已经敲不出令人感动的文字了。我合上眼帘，让视线逆着奔跑的时光飞驶回去，多么快呀，一闪就是几千个日日夜夜，眼前浮现的一幕一幕，让我有太多的思考，太多的感动！

　　夜深人静，初夏的雨淋湿我的心情。鼠标在冰冷的机器上穿梭，我让湿漉漉的心暂时停歇在心灵的某一个驿站，生活也许就是这样，只有居天庭之高，才知江湖之渺小，人生之无奈！

　　我清楚地记得 2008 年的 5 月 12 日，我们正在召开干职工大会，政府机关大楼人心浮动，顿时一片恐怖与混乱，我在心里祈祷上帝保佑，让我们把会议平安开完，谁知那就是骇人听闻的"5·12"汶川大地震。诗人谭仲池后来深情地说，诗人已不愿再苦吟那悲壮的诗篇。是的，汶川没有悲壮，汶川没有倒下！

　　一切都要好好的。当我漫步在灾后易地新建的汶川县城的时候，见到的到处都是幸福的笑脸，只是古老的县城永远留在了地震遗址保护区，永远留在了全世界人民的记忆中。历史的车轮滚滚向前，永远都没有不归路！

　　在这个世界上，人有时身累，有时心累。我们需要始终保持一颗平常心，在逆时面对逆，在顺时享受顺，贫富都随运，宽窄都是路。为自己的心灵找一片宁静的天空吧，人生也许没有患难与共的真情，也许没有同甘共苦的幸福，但每一种生活都是一种实实在在的体验，我们应该无悔曾经！

　　置身在这个夏天里的春天，似乎每一刻都有新的感悟，凝望着充满诱惑的季节，遥望着千姿百态生活着的万物，仰望着天空像诗一般飞翔的鸟儿。这样的气息，这样的摇曳，这样的魅力，让我们为最美丽的绽放而守候吧，守候我们的春天，守候我们值得绽放的春天……

为拒绝找个美好的理由

好久没有单独和报社的朋友一起聚餐了，心里总感觉少了点什么。这一天，机会终于来到了，一个电话在下班时分打过去，报社分管业务的老总居然告诉我晚上没有应酬，我立马告诉他聚餐的地点，然后吩咐他带上哪些铁杆兄弟。不到半个小时，我们便聚到了一块。客气工作之时，老总得知我戒烟十分惊讶，当即交给我一项光荣而又艰巨的任务，要我为报社写一篇关于戒烟的文章。

接到这个任务我很惶恐，一方面，自己戒烟时间还不满一年，随时都有复辟的危险；另一方面，当时正值全县发展烟叶生产的关键时期，文章发出去万一对烟农的积极性有什么影响，我将怎么向组织交代啊！于是，戒烟文章的写作计划就这样日复一日搁在了脑海里。

周末整理报纸，当日《湖南工人报》的《深度报道》用半个版面的篇幅勾勒出了中国未来5年控烟的路线图，2015年省级城市公共场所无烟。信息高速公路上，"五年，全面控烟"的标志格外醒目。五年，在公共场所要看不到任何形式的烟草广告；五年，要把中国从世界最大的烟草消费国转变为世界最积极有效的控烟国。控烟，写进了国家"十二五"规划；控烟，摆到了中国疾控中心的研讨会上……

应该承认，戒烟绝对是一件难事。常态下，烟民中有主动戒烟愿望的不到30%，主动戒烟者中，成功率不到3%，绝大多数烟民长期徘徊在吸和戒的两难境地，使得戒烟的毅力极其脆弱。

回想我的戒烟经历，大致可分为三个阶段。首先是自己要搞清楚，什么是戒烟？在我看来，戒烟就是强迫停止和放弃烟瘾的一种身心行为。戒烟的决心一旦下定，就必须把自己渴望吸烟的欲望彻底摧毁，所谓控烟只能是针对一个群体，对每一个戒烟的个体而言，绝不存在控和限的概念，少抽一点的想法也只是为自己吸烟找借口，留后路。

其次是自己要十分明白，为什么要戒烟。烟草是一种强成瘾毒品，2010年中国疾控中心发布的《全球成人烟草调查——中国部分》报告显示，中国是全球烟草消耗第一大国，每年约有120万人死于烟草相关疾病。烟草烟雾是造成肺癌、慢阻肺、脉管炎、脑卒中、哮喘等一系列疾病的重要原因。中年烟民中的绝大多数人，已经开始咳嗽、吐痰。如果你有工作单位，甚至你还负了一定领导责任，你在办公室里咳嗽、吐痰，同事们敢怒不敢言，你出入公共场所，烟瘾发作，自己觉得低人一等，这个时候，你能不想到戒烟吗？

只有在目标明确之后，你才会知道怎样去戒烟。人体对烟草的依赖，主要是对尼古丁的依赖，吸烟成瘾的实质也就是对尼古丁的依赖。回想自己抽烟的十年，多少次沉浸在烟雾缭绕中，体验尼古丁带来的快感和愉悦；在臭气熏天的书房里，多少回借着烟瘾，爬着格子，醉生梦死。

说到底，戒与不戒，戒得了和戒不了，完全取决于烟民自己的态度和想法。知晓危害，顾全大局，决心戒烟，何愁找不出拒绝的理由？放任自我，随心所欲，抽了再说，又何必去寻觅接受的借口？更多的时候，烟民还是会为自己抽烟找借口，怕发胖，易发怒，睡不好，没情绪，两难之中，最终还是取决于自己的取舍。

　　就在文章快要结尾时，我还是想说，戒烟要从领导做起，从干部做起，从我做起，从现在做起，让我们齐心协力，为拒绝找个美好的理由吧！

几多泪水几多欢欣

——记农民硕士研究生李兰芝

"李兰芝考取了研究生，户口都迁到海南去了！"这是选民登记的时候，宁乡县双江口镇选举委员会传出的新闻。

李兰芝，双江口镇花园山村人。当知情的乡亲，友好地向她祝贺时，她捧着中国农科院热作研究院的入学通知书，失声痛哭了一场。是啊，这份主攻细胞生物学的录取通知书，浸透了她的几多泪水几多欢欣。

兰芝出生于 1964 年，15 岁那年，她母亲丢下体弱多病，左手残废的丈夫，丢下四个未成年的儿女，辞世而去了。1979 年，她离开中学课堂，承担起了全部家务，一面保证 3 个弟弟上学，一面替父亲耕种 6 亩多责任田。艰苦的生活，造就了小兰芝倔强的性格，在她幼小的心灵里，萌动着要干一番事业的欲望。

一次偶然的机会，她成了中央农业广播学校的第一期学员，她珍惜这难得的学习机会，不管是风雨交加，还是酷暑严冬，她都从未间断过学习。1985 年 7 月，她终于以全县第一名的成绩在农业广播学校毕业了。

一名农村姑娘，凭一张农业广播学校的文凭，要找一份工作，谈何容易。几经周折，才好不容易在村办小学找了一份代课教师的差事。是那些天真活泼的孩子们激发了她的热情，她决心把全部的爱倾注在教育事业上。一年多时间，她刻苦自学，虚心请教，工作干得很出色，镇党委还批准她加入了中国共产党。谁知好景不长，她终因不是教师配偶或子女不能照顾而被辞退了。这突如其来的打击，让兰芝彻底失望了。一气之下，她跑到了南岳，准备削发为尼。夕阳西下，她站在高高的南岳之巅，仰望着天上的白云，凝视着美丽的晚霞，遥望着群峰迭起的远方，她茫然了，挥动着手中的笔，她把一腔苦水向县农业广播学校倾吐了。一个共产党员，一个优秀的农业广播学校毕业生，跑到了南岳，宁乡县的党政领导坐不住了。县委书记宇庆华同志当即批示，请县委宣传部和县教委联合调查，对李兰芝予以重点帮助。

涓涓暖流注入了兰芝那寂寞的心房，她终于又一次步入了自学的行列。艰苦的岁月，不同寻常的磨难，使她萌发了更高层次的追求，她是农民的女儿，她是学农的，她要报考主攻农业的硕士研究生。

1988 年 10 月的一天，也是她终生难忘的一天，她背上书包，带着忧思，揣着希望，来到了湖南农学院，在附近租了一间民房，开始了她坎坷曲折的求学生涯。熬过了多少打工挣钱的日子，品味了几多借书求教的艰辛，忍受了父亲去世的悲痛，她遍尝了世间百味，终于以优异的成绩实现了她的梦想。

而今，她正在朝着更高的目标奋进，家乡人民在翘首等待着。

也说"作家"好困惑

　　很小的时候，便想长大了能当一名作家。但作家究竟是个什么玩意儿，恐怕到现在也很难说个清清楚楚，明明白白。正儿八经地做着作家梦是在二十年前，那个时候，山里的孩子都巴望自己能够有所出息，读完初中念高中，高中毕业考大学，一股劲地往高考的独木桥上挤。稍不留神便将前功尽弃，本人便是在这节骨眼上去面朝黄土背朝天的。是六十里长冲那一方山水，渐渐地赋予我激情与灵气，让我有机会伴随着改革的春风，因文从政，政余从文，终于在而立之年圆了久违的作家梦。

　　揣着作家协会的会员证，好惬意也好困惑。

　　你是作家，大大小小的报告和讲话稿多于牛毛，你还好意思请人代劳吗？记得有一年人大会议前夕，有个天下第一难事需要亲自出马跑长途，归来时，夜幕已经降临，疲惫不堪的身体只想蜷缩在被子里休整休整，办公室的同事火急火燎地告诉我，定于明天召开的人大会，资料袋里正等着装我的政府工作报告。强打起精神，倒一杯浓茶，翻开人大筹备会议的党政联席会议记录本，无可奈何地坐到写字台前……我在心里想，谁叫你是一名作家呢？第二天，会议如期举行，熟悉内情的代表们拿着油墨未干的报告，到底还是要给你一个令人啼笑皆非的表扬：作家乡长写报告，到底还是驼子作揖，起手不难。

更加叫你困惑的恐怕就不是简单的开一开夜车能解决的事情了。在一个百多号人的单位里当个头，地方经济的发展，弟兄们的工资福利，农大哥的文明致富奔小康，总离不开方方面面的关系和应酬。当你以一个文弱书生的面孔出现时，人家会买你的账吗？做一做平时还管用的深呼吸，换一种角色，收敛一下文人的傲气，你还得回到不怎么适应的餐桌旁。尊贵的客人们可是"一般不喝酒，不喝一般酒，喝酒不一般"啊！在先干为敬的前提下，你只好给自己鼓一鼓勇气——"有人吃就敬，有人敬就吃"，几番"甜言蜜语""豪言壮语"之后，灼热的酒精燎烤着你的五脏六腑，你可是无论如何也不能"胡言乱语"啊！谁叫你是一名作家呢？！

也曾经不止一次地吸取过教训，为政之要，首选看不见摸不着的城府；也曾经漫不经心地有过执着，从文的秘诀，可是要着意培养一种暴露无遗的人性。未来的路还很长，双重的角色还得继续扮好，好多好多的时候，可真是进亦难退亦难啊！

男人女人

记不清什么年代，曾流行过这样一句名人名言：做人难，做女人更难。似乎在这个社会，只有男人才能真正顶天立地，也唯有男人，才能征服这个世界。于是，一群群铮铮铁骨的男子汉在各自的岗位上英勇奋战，一展"男人的风采"……

可不知从什么时候开始，男人们也一个个变得脆弱起来了，潇潇洒洒的外表里，蕴藏着一颗极易受损的心，就像精品屋里的玻璃制品，稍不小心就有被弄碎的危险。无可奈何的女人们，只好慎重其事地把男人们包装起来，然后正儿八经地贴上标签：小心轻放。他们完全有理由相信：其实，男人更需要关心！

也许这并不全是男人们的错。女性在同等条件下予以优先，这在当今恐怕是颇有说服力，也极易被人接受的事实了，问题似乎又出在那些被炒得大红大紫的女星们身上，人们也许在想，她们是否真的和男人具备同等条件？据报载：见义勇为的英雄徐洪刚被破格提拔为排级干部，而那位口里唱着"妹妹坐船头，哥哥岸上走"的女歌星，则被破格提拔为副师级干部，且不说他们是否具备同等条件，仅拿这两者破格的职级来比较，那优先的程度恐怕也有点太"那个"了。

难怪歌坛上一些男子汉，也扭捏着一副娘娘腔，只差点没着上连衣裙了。

　　我没有理由质问做水手的男人，为什么嘴巴里高喊"风雨中这点痛算什么"，眼睛里却早就流出了伤心的泪水，可我又杞人忧天似的担心有人会在观看《七月礼赞》《孔繁森之歌》时换频道。社会要发展，经济要振兴，历史的长河中，是多么需要有众多真正的男子汉摇橹拉纤啊！

爱的话题

　　现在似乎越来越多的人在怀疑"爱"，总觉得"爱"这玩意儿，虚无缥缈，捉摸不定。也许这世界真的太大了，爱的轨迹确实难以寻觅，即使有所发现，也只不过是一个漂亮的外包装而已。

　　君不见，洗衣机是献给妻子的"爱"；电冰箱是带给家庭的"爱"；还有"爱你没商量""爱你一万年""谢谢你给我的爱"，如此等等。前者是厂家献给消费者的爱，后者是歌手献给观众的爱。初听起来，倒也优美动听，久而久之，也够真格的烦你一躁！

　　无独有偶，置身今日校园，不管是都市的高等学府，还是乡村的初级中学，恐怕皆有人在似懂非懂的情话中，如痴如醉地追寻着"爱"，有的人爱得神魂颠倒，爱得毁了前程，却还在滚烫的情书中喃喃诉说：爱你，今生无悔！一些社会上的时髦青年更是习惯于"跟着感觉走"，"既然曾经爱过，又何必真正拥有你；即使离别，又何必太多难过"。这是何等玩世不恭！

　　真诚的爱，不是挂在嘴边，而是埋在心底，落实在行动；伟大的爱，不是索取，而是一种奉献。在现代的军营里，面对身患绝症的男友，她毅然地做了他的妻子，鼓起他战胜病魔的勇气，这是不是一种爱？在革命老区，一所又一所援建的希望学校拔地而起，这算不算一种爱！在奔驰的列车上，面对行凶的歹徒，一身正气的解放军战士挺身而出，为了他人的安全，即使自己鲜血淋漓，也要把歹徒最终制伏，这叫不叫一种爱?!

社会，需要博爱。时代，呼唤真爱！

大千世界，谈不尽的是爱的话题……

与妻陪读

　　接连几个星期天，妻子都有加班的美差，说是阶段性的工作任务，同事们都没有休息。我也因办事效率低下，在这大事小事都要负总责的严格要求下，无法保证每周必休。好些时候，拖着疲惫的身子回家，只见妻子也是累得骨头都散了架似的一副倦态，心里自然很不是滋味。于是，我们商定，再遇上星期天，一定好好轻松轻松一回。

　　终于又盼来了一个星期天，及早安排好单位的值班，心想这回一定要好好陪妻子玩一玩，可刚一用完早餐，妻就申报了一天的活动计划，要我陪她去财校听课。回想这些年来，妻子认真钻研业务的劲头，以及她对财政工作的热爱，我咬咬牙便答应了，不就是陪读一天吗？

　　财校的大教室里，足可以容纳二百人，在繁杂而噪杂的工作之余，能到这样空旷的教室里坐一坐，听一听，对我来说，是一种特别的享受。更加巧合的是，这天的专题财会辅导课，教授讲的既不是报表，也不是分录，而是讲会计与法，古今中外，娓娓道来，把吾等南郭先生装扮得天衣无缝。妻坐在教室的倒数第二排，我尾随其后，虽然注意力不易集中，却还是听得连连点头，一点也看不出外行的样子。

　　回家的路上，微风夹着细细的雨丝，妻要我谈谈陪读的感受，我避开学无止境这一永恒的话题，依偎在妻的身旁。我用坚定的目光告诉妻，从相识的那一天起，我们相携相伴，一起走过了风风雨雨的十五年历程，未来的路还很长很长，但无论是春光明媚，还是曲折坎坷，我都将义无反顾地陪伴着，尽管未来的岁月还会有雪雨风霜。

天高任鸟飞

　　江浙归来，朋友们都在用期盼的目光望着我，能够用手中的笔为这次考察写些什么？我合上眼帘，脑海里浮现的依然是先人早已感悟了的"上有天堂，下有苏杭"的神奇图景。江浙何其美，发展何其快，我一时竟不知道从何写起。

　　然而就在归来的次日，团长即安排全体考察团成员讨论一天。团友们发言争先恐后，那诗一般的语言，火一样的激情，把整个江浙之行描绘得淋漓尽致。聆听着考察团团长袁观清先生那慷慨激昂的总结讲话，无不为之深深震撼，深深折服。不老的激情告诉我，应该换一种手法，写一写天空。于是，一个心头萦绕已久的词汇跃然纸上：海阔凭鱼跃，天高任鸟飞。

　　上午 10 点刚过，飞机即进入滑行状态，随后升入天空。我想从长沙飞抵宁波，我一定能透过舷窗，看一看美丽的湘江，如画的洞庭，然后，让思绪随那浩浩荡荡的长江一路奔腾融入大海。我想浩瀚的大海，气势雄伟，狂暴而不失威严。也许只有在高空俯瞰它时，才会显出它的温柔和静谧。我甚至在心里想，只有居天庭之高，才会感受到地球之渺小，大海之有限，人生之无奈。可是，严酷的现实告诉我，这些美妙的幻想终归只能久久埋在心灵深处。

　　在这个不同寻常的世界里，尽管我置身于紧急出口这个有利位置，但混浊的天空还是在我们的视线里变得不可思议。机翼压着厚厚的云层，寂寥的天空任你张开想象的翅膀，那重重叠叠的数不清的云朵相互拥抱在一起，像那连绵不断的雪山，更像那指点不尽的冰川。还有那黑压压的一片乌云和遥远的一片白云，你就像飞驰在一个永远也不着边际的盆地。望一望若有所思的同伴，我在想，天空，就是这样神秘莫测，在这个时候，出色的想象往往也显得这么苍白无力。

约莫一个小时工夫，飞机开始下滑，随着机身的一阵颠簸，狂怒的云朵终于一反常态，露出了一丝湛蓝的本色。此时此刻，人类的感性和理性思维也因此而相互碰撞，直到飞机穿过云层，才得以渐渐清醒。我猛然感悟，把寂寞长空看成冷冷的世界原本就是一种错觉，这冷酷的威严中，难道不同样孕育着一种生机，一种力量，一种催人奋进的激情吗？

我们夫妻

　　妻子是总会计，我却连算盘都很少接触；我业余时间试着写一些散文、通讯，妻子却常常是在作品发表以后都懒得去看上一眼；妻子烹调技术差，我便对集体食堂有一种难得的偏爱……如此"夫唱妇随"，倒被同事们作为"互补型"夫妻的典型在加以推介，真叫你啼笑皆非。

　　不过，话得说回来，"互补"确也有互补的微妙之处，由于夫妻间的兴趣和爱好极少雷同，彼此在对方的领域里便很少有干预的能力，各干各的事情自然又造成了空间的一种平静，就凭这一点，我们夫妻就可轻而易举地在对方单位获得"模范家属"的称号。

　　由于"职业病"的影响，妻子在家庭内部也经常开展增收节支活动，一些大人淘汰了的衣服，她又会"和平演变"到孩子身上。我却坚持站在孩子一边，为促进和刺激消费而身体力行。有时候，一个月的薪水还满足不了我和孩子弄相机、添玩具的需要，这个时候，我又得亲自出马，到妻子那里为我们父子俩争取资金。

　　妻子办公室紧挨着卧室，加上她生性不善动，常常是"两耳不闻窗外事"，我却是一块天生跑腿的料，用汽车也罢，骑自行车也好，只爱在外面转一转。方便的时候，也喜欢邀一些志同道合的男朋女友回家聚一聚，聊一聊，兴头之上，难免把妻子丢在一边，惹得她一脸的无奈。真没法，我就喜欢欣赏妻子那一丝微微的醋意……

没有妻的日子里

越过而立之年，妻却偏偏"读"运亨通。常常是凭一纸通知，往某某学校的教室里一坐，便堂而皇之地和你拜拜了。留下几许叮咛，也留下调皮的孩子，在你的身边。

没有妻的日子里，一切都变得那么慌慌张张。当夜晚的巨嘴吐出一缕乳白色的光，你从温暖的被子里惺忪地醒来，让疲倦在眼皮上跳几跳，还得马上让它飞走，然后小心翼翼地把孩子哄起来，七拼八凑着用完早餐，再设个法子把孩子托给哪一位供职于学校的邻居阿姨，你才算完成了一天的第一道工序。之后，再去认认真真地处理自己的事情。

没有妻的日子里，平凡的生活中才有了一个美丽的词儿叫作牵挂。随带的电话机一响，你得马上应接，唯恐妻有什么事情紧急求援；腰间的寻呼机一叫，你得立即检查有没有那个永恒不变的密码，最不放心的是，电话的那一头，那一张苦苦等待着的尴尬的脸。

没有妻的日子里，每个夜晚都多了一份寂静。今夜，羞涩的月光躲进了云层，身边是熟睡了的孩子。尽管临别时，母子俩约好了重逢的日期，可孩儿甜甜的睡梦里，还是流露出要和妈妈在一起的期盼。显然，他想象不出，坐在教室里的妈妈，是在如何编织她那五彩缤纷的明天。在他幼小的童心里，也许他只能感受到，在黑暗中看到的只是爸爸的光，在宁静的夜晚，听到的只是爸爸的呼吸……

没有妻的日子里，窗帘依旧，台灯依旧。晚风吹过来，夹杂着些许寒意，这就是多情自古伤离别吗？我应该庆幸，在无数文人墨客渲染离情别绪后的今天，终于有了这么一个约定俗成的公理：离别，最长也不过两周。亲爱的人儿，虽然十多个夜晚并不是那么遥远，可我仍在苦苦等待你的归期。面对这茫茫夜空，我铺开稿纸，许下这无限真诚的诺言。

侃"流行"

　　说起流行，每个人都能列举出一大堆。

　　参与离婚热卷入情人潮流行，腰挎 BB 机手持"大哥大"流行，骑摩托玩汽车流行，上舞厅进包厢流行，文人下海干部经商打工族南下无一不被人称作流行。

　　拿一张乙等的大学文凭，工作在办公室还兼卧室的机关，流行自然与我无缘。在"大有作为"的"广阔天地"里任劳任怨地干活；忙里偷闲时也伏在写字台像模像样地爬爬格子；方便的时候，邀上几个弟兄，带上几张稿费单，悠悠然请上一顿客，在天南海北的谈笑中欣然陶醉。生活就这样周而复始地延续着……

　　有朋友从正儿八经的培训班归来，又和我侃起另一个领域里的流行，而且是令我瞠目结舌的流行。什么茶文化、酒文化、犬文化、性文化、饮食文化、厕所文化等在当今很是流行。朋友问我对这些流行的文化有什么新潮的见解。我唯有一笑。我不懂。什么叫文化，什么叫这个文化那个文化。尽管平时我很自信，读了十多年的书，参加工作以后也还断断续续地读过一些书，多少还算是有点文化水平的人。但自己这些年来学的到底是哪门子文化呢？虽则不怎么流行，但总还是对人类对社会有益的文化吧！

　　唉，追赶不尽的流行……

默默无语

著名作家何立伟先生曾经在一家晚报的专栏文章中写过这样一段话：语言对解释世界和表达内心并非万能。人在很多的时候，都会出现失语的状态。

读这篇文章，在我的印象中应该是几年前的事情了，但真真切切地感受出这段文字的妙处，却是最近的事。

凭一纸调令到另外一家单位，这已经是两年前的往事了，乡里的干部调进调出，最习惯的住房方式是——对应，老书记一调走，我便别无选择地搬进了他的住所。这是一处中间隔着一垛墙，在"广阔天地"里最为普通的卧室兼办公室的封闭套间。后面没有阳台，一扇三页窗开在正中，把这里面的世界与外界悄然相隔。我在窗前摆上那张几经移交的老式书桌，在书桌上放一块半新不旧的平板玻璃，权且当作写字台用。夜深人静的时候，坐在写字台旁爬一爬格子，算是为一天的疲惫休整休整。乱写乱画之余丢下的废品，或者是一目十行，看过即忘的报纸书刊，每每顺手往窗外一扔，室内便没有必要再去准备什么字纸篓了。久而久之，酒瓶、破茶杯之类的垃圾也同出一窗便万事大吉了。

楼下是清一色的办公室，办公室的后半截隔三岔五地住了几个骑摩托车上班的老同志。作为一名初来乍到的年轻伙计，只要有机会，也常常去这些平时不轻易开门的小卧室坐一坐，有一次，我猛然发现楼下这半截房子里竟然对外开了一扇门，我惊讶地把门打开，径直走到窗户底下，只见阶基上摆着一只扫把，所有的垃圾都不翼而飞了……

望着楼下的主人，我惭愧地低下了头。这种感受不像是过去反思自己错误时那么单纯，更像我参加工作十多年来备受关爱的心灵感触的凝聚与扩散。沉思中，我突然想起何立伟先生的那篇散文《失语的状态》。是啊，面对这位不声不响，默默无闻的长者，我还能说什么呢?!

亦喜亦忧话公关

随着改革开放的不断深入和第三产业的进一步发展，公关事业在中华大地上蓬勃兴起，各种院校、学会、研究会遍布城乡，市场越来越广阔。应该说，这对建立社会主义市场经济体制是件大喜事。

但是，在现实生活中，由于种种原因，卷入"公关"怪圈的现象时有发生，有的人把公关看成是女人的专利，甚至把"公关小姐"和色情武器混为一谈；有的人财大气粗，美其名曰招聘公关小姐，暗地里却在行低级庸俗的流氓之实；有的人凭借自己的"花容月貌"不是为事业的发展尽心尽职，而是在夜以继日"公"老板的"关"。如此等等，叫人谈公关色变已初露端倪。

社会在发展，市场经济在呼唤，发展公关事业已是势在必行，如何为公关创造一个宽松的环境，使其朝着健康的目标发展，真正为经济建设服务，看来到了全社会非关心不可的时候了！

我不明白

没有空调，也没有符合美学要求的清凉色，只有摆在你我桌前那两台半新半旧的鸿运扇，算是为这酷暑准备的降温设备。看来，整个夏天你我都只能在这临时设置的办公室里委屈了——凝固了的、暖烘烘的空气；机械般的，周而复始的上下班……

办公桌紧挨着办公桌，却常常在夜深人静的时候给你写信。写几行，扔进字纸篓；再写几行，再扔进字纸篓。欢快的笔端，是永远也写不完的情思；苦涩的信笺，是永远也誊不正的草稿。

机械地走到电话机旁。机械地拿起话筒。一个永恒的忙音。一条怎么也打不通的冷线。

办公楼就要竣工了。我们会不会搬新楼，什么时候搬，搬新楼以后你我是不是还会同在一个办公室，我问你。你微笑着摇摇头，微笑着摇摇头是什么意思？我不明白。

有朋友告诉我，在新办公楼的会议室里，将为你举行隆重的欢送会。欢送会意味着什么，我的脑海里一片空白——电话还要不要打，是不是打得通，打通了又说些什么？信还要不要写，写不写得完，写完了又往哪里寄?!

乌牛山遐思

好长时间，总怀着一种冲动和激情，想到乌牛山去走一走，看一看。五月中旬的一天，我乘林业工作现场办公会的空隙，和新老分管林业的负责同志一道，在林业站长肖文彬同志的指引下（在我的潜意识里，这绝对不能叫陪同），终于登上了这座名不见经传的神奇小山。

乌牛山位于资福西部，西北临麦田，东南与偕乐桥接壤，横亘资福境内的四个村，形成纵横交错、气势雄伟的乌牛山系。同行的肖站长介绍说，还是远在 1972 年，当时的珊瑚人民公社就在这里开山植树，兴办林场。二十多年过去，层层叠叠的黛青色森林，早已把这座沉睡的山岗裹得严严实实了。

沿着崎岖的简易公路往上爬，两边是郁郁葱葱青一色的杉木林。没有风景名山的精雕细刻，也没有旅游胜地的热闹繁华，山上处处袒露着原始的野性，林中又常常流露出创业者的艰辛。眼看有些林木可以开始间伐，近几年，当地一些农民自发组织，修成了一条近 2 公里的简易公路。半山腰上在建林场初始就风风火火建起了护林场所，早几年又在山顶上盖了几间新房，权且用作林场场部。年过花甲的护林员黎汉初在山上已经连续度过了 13 个春秋，面对这生机勃发、长势喜人的近千亩林地，他似乎忘却了所有的辛劳和艰苦，望着这些悄然上山的不速之客，只是一脸的憨笑。

我的心一下子沉重起来！

伫立山巅，任凉风从身边拂过，我已感觉不到昂扬和振奋，只觉得一种强烈的责任感压迫着我，让我难以激动。作为资源缺乏、财政脆弱的资福，如何继承和发扬艰苦创业的优良传统，发展林业、振兴经济，使全乡人民尽快步入小康行列？沉思中，抚摸着青翠诱人的树枝，凝视着充满生机的林场，遥望着天与山交接的远方，我和林业工作的决策者们在久久地思索，怎样带领群众走出一条发展高效林业的致富之路。时光在悄悄地流逝，我们紧锁的眉头却久久不能舒展开来。

揣着沉甸甸的思绪离开乌牛山时，是一个雨后又日出的黄昏，夕阳西下，把温柔的光慷慨地洒在延绵起伏的山山岭岭，洒在青翠欲滴的片片森林中。我回首望了望正在朝我们挥手作别的护林老人，脑海里忽然呈现出老县委书记杨世芳当年的造林场景：远山深山松梓杉，近山矮山油桐茶，河边溪边综桑柳，竹林深处是人家。

我回首向老人挥手告别，莽莽苍苍的乌牛山也似乎理解老人们的心思，在向客人作深情的挽留，此时此刻，我真的好想好想他们啦！

扮　禾

　　其实在很多人的脑海中，已经没有扮禾这个概念了。可在我的老家六十里长冲，一年两度的挥镰收割，还是沿用了这个古香古色的名词，被大男小女们一律叫作扮禾。

　　繁杂的公务和先天的懒散，我都好些年没有扮过禾了，去年秋收时节，正赶上举国上下欢庆祖国五十华诞的美好机缘，单位的几个头儿一合计，决定还是放几天假，我便抓住这个机遇，携妻带子踏上了回老家扮禾的归途。

　　父母早些年就已远远地离我们而去，妻子便抢先报名当上了"炊事班长"，儿子初来乍到，不见了机关那高高的围墙，不见了学校那紧闭的铁门，紧张和不安顿时烟消云散，一股脑儿地忙着玩他的去了。我们兄弟俩理所当然成了扮禾的主力队员。

　　扮禾的第一道程序是抬桶，老大三下五除二把扮桶来了个底朝天，然后麻利地扛起了脚踏板，我弯下腰抬起桶屁股跟在后面拖。高一脚低一脚地跟着感觉走，总算在出一身毛汗子的时候到达了目的地——中三斗丘。

　　由于农业生产责任制，今日的中三斗丘已经没有我们孩提时那么宏伟壮观了，两条新做的田塍把当年生产队里的第二大田分成了三丘，我们的任务就是扮完其中的一丘。目标一经定好，我们马上做第一篇落实文章——杀禾。没料到刚杀出一个扮桶眼，腹部堆积的脂肪就反作用于弯腰，我差点对老大说，我都有点腰痛起来了，顺手扔下手中的镰刀，我便装上打谷机罩子去吃"新鲜饭"了。老家人多田少，老大一直用的是自己动手设计的轻便式人力打谷机，几个回合下来，就有点支撑不住的感觉了，但我在心里想，堂堂男子汉，总不好意思中途退缩吧。幸好老大看出了我的心思，及时为我调换了工种——递禾把子。槽田地势低，虽然是晚稻，扮的却是烂泥巴禾，深一脚浅一脚地在烂泥巴田里蹚，尽管使尽全身力气，老大还是站在踏脚板上停工待料。好不容易盼到"炊事班长"传令吃饭，我坐在半干不湿的稻草上，任凭一身的黑汗不断地往下流。

回家的路上，老大挑着满满的一担毛谷子，劲头十足地在前面走，我拿着两把镰刀有气无力地跟在后面拖。凝视着这条曾经走过千万遍的乡间小道，抬头遥望远方，我在心里想，作为一个土生土长的农家孩子，告别面朝黄土背朝天的田园生活，还有好多好多的事在等待着我们去做啊！

今夜，我俩又将别离

　　这样在走廊上慢慢地度步、痴痴地发呆，已经好几十分钟了。我多么想此刻你能来到我的身旁，为这沉寂的夏夜增添些许凉意。可你终究没有来——说好了的，你不能来陪我，这是你一年中最紧张的季节。

　　今夜，我俩又将别离。

　　已经记不清有多少个这样的夜晚了，你等我，我等你。尽管你我都知道，这只是一种无望的等待。现在想起来也许好笑，凭一纸调令，从同一个机关相互挥手拜拜，天真地向往那一种两地相思的浪漫，用心地追寻那一份魂牵梦萦的离情。可这两年的奔波和牵挂，却像一条虫，无时无刻不在啮噬着我的心。那难以言状的思念和刻骨铭心的期盼，常常有一种要把你催毁的感觉。我不知道，我会不会就此陷入"为伊消得人憔悴"的尴尬境地。

　　也许这世界原本没有什么永恒，曾经亲亲热热地拥有，就注定了我们总有一天会别离，悲欢离合而相互吸引才是真正无撼的人生。我们没有必要去刻意追求长长的相守。爱情，是一种心态，一个过程，她不会因为甜蜜的相聚而增添光彩，也不会因为恼人的离别而黯然神伤。夫妻恩爱是人的一种禀性，而不是一种社会时尚，在饱含离愁别绪的今天，总会设法聊以自慰的，两情若是久长时，又岂在朝朝暮暮！

　　夜色深沉，空气都快要凝固了，孤独陪伴着我。今夜，我断然牵不到你的手，我却怎么也不想举杯邀明月，我想睡觉，明天又将是一个晴天。

告别双江

三月的阳光温柔地敲打着玻璃，风儿轻盈地撩起窗帘，吹绿我在双江口镇政府那卧室兼办公室的套间。此刻，窗外的世界正是春意盎然，纯净的天空挤进我的视觉，一次又一次激起我心灵怦然的悸动，仿佛所有的日子都相约而来，将我生命的二十八个春秋凝于一瞬，我在人生的十字路口，任凭那剪不断理还乱的情丝将她编织得怎样五彩缤纷。

三月，这就是我在三月里的独特感受。此时此刻，我呆呆地坐在写字台旁，合上眼帘，让视线逆着奔跑的时光飞驶回去，多么快啊，陪伴我工作、学习、生活的十一番寒暑，四千多个日日夜夜！如今，我就要同这些挥手告别了，连同这块多情的土地……

透过苦涩的泪水，我又回到了从前。历经岁月的坎坎坷坷，我知道，我已经不再是"少年不识愁滋味"的男孩了，作为一名为人夫、为人父的男子汉，我在事业的王国里轰轰烈烈地干了一番吗？这些天来，一个萌发已久的念头在我脑海里萦绕，苦苦十年攻读，又苦苦十年求索，我应该为这些日子写一点总结性的文字了。我深深懂得，关心我的朋友们是在怎样地期待！

昨天，我从县委组织部谈话归来，在春暖花开的"三八"节里，我就要到新的单位去报到上班了。岁月悠悠，我只好面对滔滔汨水，给双江这块英雄的土地留下一个不怎么圆满的句号。

如果说人生是一场长跑赛，那么，我则是一名无畏的参赛者，在风风雨雨中勇往直前。我在诗中这样写道：男人，是告别梦幻告别荒唐告别天真浪漫的风景/男人，不再为一个迟到的约会而恼怒，不再为一个孤独的生日而忧伤/男人，像一根扁担，一头系着事业，一头系着家庭/男人，是一种力量，那坚实的臂膀要为妻儿撑起一片可供栖息的蓝天/男人，是一本教科书，蕴藏着丰富的知识，去让人咀嚼让人琢磨……诗是我艰辛努力的写意。

一个高考落榜的山里孩子，十七岁来到双江这片改革的热土。十一年间，圆满完成中专、大专、本科学业；发表八百多件作品；成长为一名乡镇主要负责干部。人们也许会说，我是生活的幸运者，但在幸运的背后，只有我自己知道，每一个前进的脚印里，都凝聚了领导、老师和朋友们的心血！我永远忘不了领导的鞭策和鼓励，老师的谆谆教诲，朋友们的关心帮助。是他们注入了我一生的激情。依依惜别之际，有我诉不完的相思与激动，更有我说不尽的感慨与豪情。过去，未来。我当珍惜！

三十而立，告别双江后的再一个生日，我就是名副其实的三十岁男人了。我不会忘记，是双江赋予我花红草绿的诗意，如火如荼的爱情！我更应该明白，挥手告别双江，揣着沉甸甸的思念，我该怎样去开创更加美好的明天！！

思　念

　　其实在很久以前，就怀有一种冲动，想发表一些文字，为我近在咫尺，远在天涯的朋友，也为我们那些亲亲热热、相牵相挂的日子。直到在一家报纸的副刊上细读杏子先生（女士）的《牵挂》，这一种冲动才莫名其妙地膨胀起来，使我重新鼓起勇气，把自己关闭在这卧室兼办公室的套间里，延续那一份绵绵的思念。

　　有人说思念，是不可触摸的网；有人说思念，是已经决堤的海。这些思念洋溢着浓郁的浪漫色彩，也曾在许多悸动的心中产生过强烈的共鸣。静下心来，细细品尝，你又会感觉思念的另一番滋味。思念，是一种非常美，非常缠绵的情愫；有人可思念，是喜悦；被人思念，是幸福。让心灵在智慧的最高层得以沟通，这是人生的幸事。人，毕竟是立体的。

　　茫茫人海中，我们相知相识，悲欢离合都曾经有过。岁月可以老去，青春可以老去，可我们的思念，却永远不会老去。在有限的生命中，我们曾相携相伴，彼此因为对方，使绚丽的生活更丰硕，更壮美。物换星移，虽然我们天各一方，但真情在为我们编织着甜美的梦，千山万水，阻隔不住我们的思念！

　　常忆起那个春天，那迷人的索道，那高高的塔峰，还有那淅淅沥沥的蒙蒙细雨。山，是那样地青；水，是那样地纯净。那含苞欲放的映山红，不就是我们永恒的思念吗?!

三十岁人生的自我采访

越过幼稚的童年，告别二十岁的花季，不知不觉来到了三十岁的门前。

三十岁前你干过些什么？

在如烟往事中搜寻，脑海中留下过深刻印象的是：小时候编入"3861"部队，在生产队里出集体工；读书时年年是语文老师的爱学生；高考落榜后，学泥瓦匠，任村干部，当民办教师，做作家梦；干部制度改革以后，到双江口镇政府搞了一段团委书记兼党委秘书，然后是当了五年的副镇长，把一篇饱含激情的《告别双江》炒得沸沸扬扬；接着是带着组织的重托，赴朱良桥、搬莲花山，再打点行装《情系资福》……

三十岁你的感觉是什么？

三十岁是根扁担，一头系着事业，另一头系着家庭，面对这相牵相挂的八十多里路，我常常羞愧于不能用男人坚实的臂膀去为妻儿撑起一片可供栖息的蓝天。三十岁是张忧乐卡，成熟了的男人不能想哭就哭想笑就笑，你要读懂那些"过的桥比你走的路还多"的老革命脸上的喜怒哀乐；你要摸得准那些初生牛犊不怕虎的小青年想和你一起轰轰烈烈干一番事业的壮志与豪情。三十岁是个人生的支点，昨夜的辉煌已经过去，你要面对未来去重新塑造你的人生。

三十岁以后你的愿望是什么？

如果说三十岁以后，你就走上了人生的索道，那你更得认认真真地去走。所谓事业有成，不是说所有的理想都能实现，所有的辉煌都能拥有。我更愿意一步一个脚印地去做好本职工作，置身到尽可能多的角色中去积累更加丰富的经验，到了退休年龄以后，再来一本正经地写脑海中的故事。我愿意当一名永远不戴眼镜，没有一点书呆子气的作家，让周身散发出泥土的芬芳，感动自己感动别人也感动我的儿子，然后，像我很羡慕的那位兼职作家一样，也被别人称为"作家之家"。

除此以外，就是扎扎实实做事，老老实实做人！

情系资福

在我童年朦遥的记忆里，有一个盛产坛坛罐罐的地方叫作资福。在那个时候，只要望着去资福提窑活的土车队，我就会缠着大人的脚，哭闹着要他们带我去资福。二十多年过去了，连做梦也不曾想到，我会因为工作关系来到这方陌生的土地。

一片全新的天空。一方崭新的乐土。在和资福的领导们一起磕磕碰碰，忙忙碌碌之后，不知不觉已是半年有余了。跑这里的山山岭岭，熟这里的农舍乡情，这块博大的土地终于宽容地接受了我。

也许是该为这些日子写一点文字的时候了。

迷人的初夏，踏着夕阳登上资福集镇旁最高处的月形山，资福全貌尽收眼底。远处是山峦起伏的群峰，近处是被温暖、湿润的光波荡漾着的田野，在群山与田野之间，一幢幢起眼的和不起眼的农舍，如繁星点点，为这幅色彩斑斓的图画平添了一份美感。气势雄伟的宁灰公路贯穿资福中心，把资福和湖南乃至全国紧紧联在一起。俯瞰沩乌两江，似两条绿色的飘带，一直延伸到天水交接的远方。

微风吹过来，好清新，好甜爽，让人舒畅欲醉。站在高高的月形山顶，朦胧的夜色已收敛不住我的情绪，我只好毅然伫立山巅，任思绪随晚风飘过去——

也许，我应该想，面对改革开放的大潮，作为一个以粮猪生产为主体的农业大乡，该如何发挥它的优势，释放最大的潜能，为资福人民文明致富奔小康构筑一个面向市场的农业新框架。我不会忘记，县委书记周里冰在今年初全县党政负责干部大会期间参加资福乡讨论时，给资福干部的鞭策和鼓励，现在回想起来，依然是那么令人激动，催人奋进。

也许，我应该想，作为新一届资福乡人民政府的决策者，我应该如何遵循"稳农、兴企、强基础"的工作方针，去描绘资福未来发展的美好蓝图。我不会忘记，在资福乡人大一届一次会议上，代表们那一阵阵热烈的鼓掌和那一双双期待的目光。

也许，我应该想，在一些人千方百计想跳出农门的今天，我该如何扎根资福这块百业待兴的土地，和勤劳质朴的资福人民一道，闯出一条振兴资福经济的新路子。我不会忘记，我是一名在山沟沟里长大的农家孩子，我的根留在山里，我的事业只能在农村。

也许，我应该想……

是同伴的催促，把我从遥远的思绪中拉回来，我忽然明白，我应该马上回去，因为，明天将是全乡新一届村干部大会，志平书记一再鼓励我去和大家作一个能打动人心的报告。我不知道，我该付出多么真的激情，去和他们讲、去和他们说，我该豁出多么大的力气去和他们一起耕耘、去和他们一起拼搏。

我只期盼有一种声音在我的耳边时常响起：加油！加油！！

常忆着那份情

也许是多情的晚风，让我忘记了你诉说的一切。我甚至已经记不清楚，那个风雨交加的夜晚，你为什么执意不肯离开。汛期已经来到，湖水还在上涨，撑开那把相携的花折伞，沉沉夜幕中，你还在思索什么？

走进那间温馨小屋，微微闭上眼睛，清晨与黄昏恍惚相约而来，构成一幅色彩斑斓的图画。清晨的空气好纯好净，黄昏的草地好柔好美，我们一起出去走走，好吗？可谁也不曾料到，就在那条绿草如茵的长堤上，泛滥的情感会流淌成河。

对面的船迟迟不来，你我终究不能到达风平浪静的彼岸，昨夜的涛声依旧，你我还会在这里长长地等待吗？你摇了摇头，修长的身影在蒙蒙细雨中远去，无声的叹息却又在清风中飘零。

永恒的思念是彼岸的世界。蓦然回首，你递给我的纤纤玉手，我赠予你的轻轻祝福，都融进那生意盎然的茵茵芳草吗？今夜晚风吹拂之时，你也许走进了另一个梦里，我却停留在这一首怎么也写不完的诗中。告诉我，你我彼此留下的，是永远也无法破译的诺言吗？！

秋天里的夏天

8 月 7 日，立秋。大自然进入秋天。

可是天气持续高温，一点也感觉不到秋天的气息。

气象部门称，连续 5 天平均气温低于 25 摄氏度，才可以说是进入了秋天。

显然，现在的气温已经远远超过 25 摄氏度，还不是真正意义上的秋天，我们权且把它叫作秋天里的夏天吧！

下午 3 点，太阳还没有完成直射，燎烤的大地还来不及透过气来。整个车内，热浪翻滚，空调制冷根本解决不了问题。偏在这个时候，办公室通知我，要去党校授课，并且说这是常委会交给的政治任务。

我把车发动，迅速调整情绪，直奔党校。

冷空调刚起作用，我又不得不下车，跑这种短距离，空调反正做惯了无用功。

学校的班主任老师，培训班的领队，早已在门口等着。地点设在一楼报告厅，尽管人显得有些少，但是看得出已经到齐了。这种见"官"到的培训，大家都必须遵守共同的游戏规则。级别从处级到股级（虽然也叫什么科长了，其实就是做股长的事情），年龄从 60 岁靠边到 20 岁出头。每个单位的头都带队，自己要做出榜样；单位与单位也要争个高低。我就想，课堂纪律肯定会没有问题！

话题就从新华社记者洋洋 3 万言的长篇通讯说开去，一篇《三看县域发展"狼"宁乡》硬是把宁乡的发展描述得淋漓尽致。而《为"狼"宁乡发展提供坚强有力的后肢》，则把宁乡的优化经济发展环境工作总结得恰到好处，把这些已经形成的成果摆在桌面上，是最容易调动大家积极性的。

我把这些理论成果紧紧联系宁乡县域经济发展的实际，与台下作深入细致的交流。十二年风风雨雨，十二年坎坎坷坷。宁乡优化经济发展环境，经历了由乱到制，由制到优，由优到形成品牌再到锤炼品牌的全过程，见证了宁乡财政从 2 亿元到 25 亿元的跨越式发展之路，一路走来，一路艰辛，其中太多的甜酸苦辣，与台下的互动达到了空前的颠峰，收到了意想不到的效果。

两个多小时下来，中间居然没有人提起要休息。

我自己倒是真的想休息了，喝一杯开水，感觉呼吸系统都乱了，我真的不明白宁乡人用普通话交流怎么就这么费劲，难道这也是因为身处秋天里的夏天的缘故吗？

智慧不会老去

我问读文科的儿子，古希腊长得最丑的哲学家是谁？

苏格拉底，儿子不加思索地回答！该哲学家是不是真的长得丑，我们已经无法去核实了。是不是因为他是西方哲学的奠基人，我也不得而知。反正儿子回答得就是干脆。

有人问过苏格拉底，你长得这样丑陋，怎么丝毫没有羞耻的感觉？苏格拉底的回答是：每个人的容貌都是天生的，生得美和丑都没有必要炫耀和自卑，再漂亮的面孔也会老去，只有美化自己的心灵，用智慧和自信去塑造你在每个人心目中的形象，才会具有永恒的魅力。

我们有句方言，叫作"福禄生在丑人边"，说的恐怕也有它的道理。

原来，我们能够安慰自己的，就是"男子无丑相"。后来，就发明了耐看，形容那些长得困难的男人。我们应该属于非常耐看的那种！

问题就出在，我们基本没有时间去介意自己长得美和丑！

平常在公共场合，讲得最多的是，我们都是一代人，结婚了，生子了，做爸爸了，暂时还没有来得及做爷爷，极少去议论谁谁谁的长相。偶尔也说说"不看家中妻，且看丈夫衣"，这衣是指的干净还是新潮抑或合身之类，也没有人去过多思考。

　　"人要衣装，神要金装"说的也就是衣着打扮，我们是统一的工作服，那还怎么去打扮呢？衣服做之前，技术员上门反复量了尺寸的，量体裁衣，无论你出现在什么场合，都难以给人留下难堪的印象。这可能是规范着装的另外一个好处。

　　遗憾的是古希腊时代，还没有统一着装！但是，苏格拉底可以用智慧和口才吸引他人，征服他人，引领人们走进自己的心灵，从而获得快乐和幸福！我们为什么不能把自己逐步培养成为具有高深智慧、充满无穷魅力的男人呢？

　　漂亮的外表要珍惜，这是上帝的厚爱；超人的智慧更要珍惜，这同样是上帝的恩赐！

　　因为，漂亮会随岁月的流逝而老去，不老的依然是智慧！

我真想择日大哭一场

一

头还是有点痛，没有香烟叼着的手，怯生生地颤抖。

落叶的灰烬吹进我的眼里，搅得我心头好痒好疼。

晚风吹起，大自然袭来丝丝凉意，我努力抱紧自己，生怕失落一丝丝温度。

我把自己装进诗歌，却怎么也写不出激情四射的文字。

在无人的荒漠，我像丢失了主人的牛羊。天苍苍，野茫茫，我到哪里去寻找补救的良方呢？

二

故乡那片河滩长满了野草，哗哗流水，带走了野草飘零的种子。

我用生命的泉水，浇灌着这片野草的昨天和今天。

是这片河滩，深深埋着我生命的根，让我的生命和世界在这里发生了最初的相遇。

我不知道，河滩上究竟发生过多少故事。我只想把河滩从岁月的沟壑里拉回，在秋日的阳光下晾晒。

灵魂，逃不出这片野草，我愿用毕生的爱去赌一回生生死死的秘密。

三

悲欢离合，阴晴圆缺，不是彩排辛酸生活的借口。

我在寂寞的风中流浪，却怎么也寻不到飞翔的支点。

也许，我是一只永远也逃不出灵魂的囚鸟，但我要在命运的关头，抖落最后的羽毛。

此刻，我多么想拥有一宗墓地，把村庄的田野，城市的霓虹统统埋葬。

在荒凉的坟墓上，我真想择日大哭一场。

三月，行走的春天

一

我不敢在三月，有任何的奢望。

三月的春风，是专门为风筝而来的。

沐浴和煦的阳光，那一根细长的线，让我的期待绽放在你的眼底。

相思，待在纯真的眸子里，迟迟不愿离去。

执手相看泪眼，很诗情。

二

三月，到处都是花开的声音。

桃花开了，开得欢喜，开得热闹，开得蓬勃。

走过童年，走过摘花的记忆。

新常态下飘落的桃红，留下一个深深的吻痕，却省略了甜美的果实。

你不负春光，却负了自己。

三

三月，露水已经无处可逃。

踏着柔软的土地，我置身田园的风景中，风景中果然有我。

蝴蝶叫不出我的乳名，在淙淙流淌的小溪边羞涩地飞舞。

蜜蜂走在花丛中，仿佛吟诗诵读。

每一片花瓣，都是深情的祝福。

四

春燕在什么地方，呼唤。

呼唤，绿色的裸体。呼唤，薄如蝉翼的雾。

物换星移，去年的老巢已经不见了。

飘着的，是那些无声的羽毛。

这里没有鸟，三月里，忽然就听不见鸟鸣。

五

我渴望三月，一个充满期盼的季节。

新鲜，明媚，温暖而不失神韵。

一条江，波光粼粼，那闪闪发光的，是夕阳的余晖点点。

我向春天敞开心扉，让梦再一次抵达。

你在天涯，徘徊复徘徊。

六

蓝天在上，一粒种子已经拱动板结的泥土。

一蕊新芽，在春风里高举问号。
春雨，洗尽一个冬天的沉闷。
春光还在蒸腾，春色已染绿整个江南。
我不开口说话，江南就不开口说话。

七

时间，是一条奔腾不息的河。河的源头，永远是故乡。
那山，那石，那随心所欲的脚印。
那云，那水，那挂在密林深处的鸟鸣。
田头，泛着湿润的波浪。山间，穿过夜色的月光。
一切等待，不再是等待。

八

挤在这个三月，我不知疲倦地攀爬通往"半百老人"的阶梯。
放下燃烧的杯盏，已经没有多少光阴可供我挥霍。
远方已远，天外有天。
与春天合拍的，是我不亢不卑的情愫。
听，一支情歌从天边飘来，天籁之音，不依不饶地夺走我的
视线。

九

三月，一直在我心里。
漂泊的灵魂，流淌的血液，还有，脑海中不断翻滚的春色。
油纸伞下，一抹殷红在脉脉含情的春雨里萌动，乍暖还寒。
我要在三月，喊出你的名字。
我要让三月的彩板，写满你无悔的青春。

与月亮有关

一

潮起潮落，云展云舒。

沿着跋涉的方向，踏着风轻云淡的节拍，我让思念在月光下舞蹈。

枕着惬意的时光，聆听怦然的心跳，思绪，飞向无垠的夜空。

折叠起夏日的蛙鸣，让诗歌平仄久远的情愫，我在滴答的流连里浪迹天涯。

二

今夜，我把思念扔进水里，惊醒一漪幽蓝的月光。

婉转的琴声，在你寂寞的窗前悠然升起，如水的晶莹洒落一地的忧伤。

黑夜的枝头绽开月光，朦胧的夜色里，我拼凑你指尖遗落的碎影。

流水的声响绕过窗帘，飞鸟没有留下任何痕迹，凝固的空间里，昨日的浪漫依然。

我敲响月光，踩着夜色不变的旋律，苦苦等候你的归期。

三

想你吻着夕阳的苦涩，想你在雨中逃离的模样，越背越重的行囊里，一样地装着季节的枯黄。

瑟瑟的风，吹过冷冷的中秋，你的枝叶，无人守护，你的芬芳，无人缠绵，天地悠悠，赐予你一轮淡淡的月。

夜风里，我听见你寂寞的心跳。桂香飘过，月光下那条流淌的河，物换星移，温馨不再，渐行渐远里，你只好选择逃亡。

呼吸，从十万八千里高空陨落，朦胧雾霭中，洒落一地的忧伤，我看见，不愿凋零的花瓣，撑不开飞翔的翅膀，在风中哭泣。

四

仰望溶溶月色，我的思念特别地浓，一阵微微的悸动，遍布全身，我没能在太阳跌落的时候，与你挥手告别，月光与目光，在各自的天空，显出不同的寂寞。

星光，洒满我蹒跚的踪迹，流浪的脚步，在回忆里穿行，月光隐匿，我只能乘风亲自出马，让自己的影子和黑夜一起移动，穿越时空，与天空一起孤独。

时光流淌，我抓不住刻骨的情怀，魂牵梦萦的夜，竟是如此静谧，虽然我知道，风的脚步只是一场梦，那么多的人，迷失在你的梦里，我还是赶在今夜，把思念的江水点燃。

五

中秋的风，分不清昼夜，吹老了岁月，吹不老我的惆怅，月亮，成了夜晚的主角，高悬在柳梢上的记忆，被摇曳的晚风吹醒，月光，以犀利的眼神，揭露出人世间的沧桑。

笔尖，咀嚼着疼痛的文字；诗歌，早已疲惫；韵律，隐匿在漆黑之中；月亮，读不懂欢乐与忧伤；桂香，含着八月的喜怒哀乐。风还在吹，取之不尽。山无言，月也无言，满腔愁绪，随风飘远。

湿地芦花

　　一条江的流淌，迟早将成就一片湿地。

　　银色的芦花，不偏不倚，随风摇曳在起伏之间，银波荡漾，温情柔顺。

　　这是季节更替里，最迷人的风景。芦花悠扬，那刻骨的柔，会在不经意间，轻轻撩拨一颗悸动的心。

　　如果说，江岸的柳，披一身淡妆，在风中紧紧咬住枝头，不与秋天说再见，是为了染绿一个冬天；那纯粹的芦花，清纯的颜色，朴素的容颜，传递的便仅仅只是一袭温柔。

　　越是靠近这一份纯净，越是感到季节的虚无。我们甚至无法想象，绵延不绝的芦花，如果没有粼粼波光，如果没有冬日暖阳，它将是何等僵硬，何等不堪一击。

　　风中的芦花，水中的倩影，是江水静静地流淌，给它赋予了诗情画意。

　　当一片片黄叶飘落江中，在你眼前飘飞的，也将不再只是芦花，还有剪不断理还乱的情丝。

　　只有当一场雪，覆盖季节所有的枯黄，让所有的瞬间都凝结成霜，一首诗，才会潜入更深的夜。

　　不要说湿地栖息的鸟，还有江底越冬的鱼虾。

　　芦花纷飞，注定错过缠绵的鸟语，鱼虾嬉戏，必将击碎芦花的倒影。

　　一片柔软的湿地，只有伴随一条江的四季，才会呈现出它的生机勃发。

　　繁华褪尽，不变的守候里，只有相思定格在漫天飞舞的傍晚，徐徐夜风才会登上那艘姗姗启航的客船。

与风有关（外一章）

一

我凝望窗前，初秋的香樟树。

季节的风，摇曳着每一根树枝，点点滴滴的风景里，你就这样走进风的记忆。

无论风吹向哪里，都是你影影绰绰的倩影。

春去秋来，感动的依然是那凝成一瞬的深情。

风霜雪雨，我甚至不知道，我的泪水该为谁而流。

二

思念，永远是季节的主题。深情的故事，总是与风有关。

你在远方，随季风吹来，在数着星星的夜晚，聆听着月光携来的往事。

风裹着的，不仅仅是一个女孩简单的名字。那里有相思，那里有纯真的爱恋。

我伫立在风中，迎接狂风吹过后的暴雨，洗尽心扉，荡涤灵魂。

三

八月的风，耐不住初秋的落寞，宁愿在茫然的等待中，耗尽所有的能量。

我让灵魂一次次与身体剥离，随晚风飞到你的梦里，与梦一起，浪迹天涯。

一场风与风的博弈，本就不该有什么输赢。只有千年万年的誓言，会在最后的角逐中，成为胜利的宠儿。

不要问风吹的方向，不要问前程和后路，不要问来世与今生，即使阴霾弥漫每一个路口，我也不会迷失方向。

一份顽强的坚守，诠释生命的最后意义。

一盆吊兰

也许，你原本在山谷里长得好好的，请你原谅我，是我的自私抹杀了你舒展的天性。

就在一纸合同之后，我把你搬进了我的办公室，放在了我的办公桌上，有事没事我就这样静静地看看你。

一盆花草，是一方风景；一盆花草，是一种心境。

这一盆吊兰，如一株普普通通的草，绿茵茵地开，怯生生地散发着淡淡的清香。

繁杂的工作之余，默默地看着吊兰，默默地闻着兰香，对我来说，是一种难得的生命体验。

没有山，没有水，一盆吊兰摆在书桌上，孤零零的，就像一部博大精深的书，千万遍地读也不曾厌倦。

没有人细心照料，没有人和它说话，没有人知道它其实缺乏肥料和养分，它也会在清晨与黄昏独自滋长。

年复一年，带着情感的渴望，在逝去的春夏秋冬里，我携一抹醉人的绿，在湿润的温脉里，等待花开的时刻。

四月短章

鸟

乌云密布的夜空，还是下不完的雨。

只有雷声滚过后的鸟鸣，才能真正应验清明节的莅临。

故乡的密林深处，它们如同结伴的神灵，每年都会在这个季节准时出现。

飞翔的翅膀，拍打尘世的云烟。缠绵的栖息，有诉不完的话语。虔诚的供果，是它们最好的食粮。

我观察了好多年，仍然没有搞清楚它们的去向。我只知道，清明雨中凄凉的墓地，是它们旅途的必经之地。

也许，这一片树林，就是它们的栖落之地。鞭炮喧天，泪如雨下。是听到人鬼情未了的呼唤，它们才呼啦啦起飞。

着一袭青衣，赴一场赤橙黄绿的约会。

飘飞的纸钱，落在它们深深浅浅的脚印里。呢喃的鸟语，已无法惊扰这阴阳两隔的寂静。

桃 花

一瓣瓣遗落在我记忆里的粉红，被摇曳的树枝举起，成为桃树的眼睛。

它们在风中探视，在雨中寻觅，连同我斑斓的梦，一起交给春天。

春江水暖，年复一年，桃树只是永远藏在我心底的秘密。

没有人能够倾诉，我只是在孤独的夜里，咀嚼着桃树带给我的每一次痛苦和欢乐。

坎坷的路途，蜿蜒的山径，桃树把我带到春天，让我一生的奔波，芬芳在春天的花红草绿里。

风雨过后，落英缤纷。走过花开花谢的日子，我期盼在炎炎夏日里，捧一把酥松的泥土，安放我不再漂泊的灵魂。

清明雨

清明时节，我走在乡间泥泞的路上，父亲已长眠在故乡低矮的山麓。

兄长接过父亲的班，把闪光的犁铧擦亮。祖传的蓑衣，在风吹雨打中，见证种子与秧苗的过程。

绵绵春雨织成的雨幕，孵化我童年彩色的梦幻，后山的树林，还有我的孩子，都在奔跑的时光中疯长。

杂屋成了故乡独特的风景，竹笋长在杂屋的阶基边，直插低矮的屋檐。细碎的清明雨，在苍老的屋檐下滴下来，依然是那样洁净，那样含情。

春燕的翅膀，躲过淋漓的清明雨，呢喃中应验醉了的春天。

至今我还后悔，不该那么早离开故乡，没能在清明雨中变作一块泥，让燕子衔着，一起飞翔，变成家的一部分。

"下雨天，留客天"，这是我童年的声音。透过朦遥的童趣，淅淅沥沥的春雨中，让我感受，依依不舍的还是故乡。

生命中某些精彩的瞬间

一

初冬的雨夜，我的心是潮湿的。我想到的美，除了一地的落叶，还有厚土孕育着的春天。

你以一首诗的姿势，站在凛冽风中，让我忘了季节。风动的树影，让我遥想生活中的一波三折。此刻，我以夜鸟的呓语，为生命的某个章节猜谜。

就在这个瞬间，就在这橘黄的台灯下，我只是默默地坐着，痴痴地发呆。幽蓝依然闪烁，神秘的世界，总是处在输入状态，我不敢靠近，在这凝固的空气里，我的寂寞，被冷冷的夜风刻画得入木三分。

我不知道，是不是所有的雨滴都应该在夜里飘落，让每一份多情的心思都伴着滴答的雨声，起伏，沉浮。然后，变成一朵祥云，升腾在你的头顶，绽放甜美的微笑。

不要期望在我的诗句里，探寻生活的密码，人生路上，我只是两手空空的游子，年年岁岁的漂泊，我在艰难的跋涉中，已经丢失了故乡。

不再常常出现的梦境，往往被世俗的泥沙点缀，一座又一座宫殿建在苍白的纸上，燃烧，是它们唯一的宿命。

一场雨，依然如约而来，流动的情感溃不成军。缠绵，透明，弹性，是今夜所有的语言。

雨花，化作了泪花。回忆，却还停留在原地。咫尺。天涯。

二

人生没有彩排，每一刻都在现场直播。聚光灯下，我已经准备好了唱词，平仄就在光阴急急的流水里，我要你的目光，采集命运中的朵朵浪花，在风平浪静的午后，亲手交给我。

漫漫长路，每一个押韵的脚步，都是我张弛有度的心跳。我要你的左耳聆听我心的律动，右耳珍藏我急促的呼吸。

时间，守口如瓶，沉默叠加沉默。你来了，我以光的速度，从陈年的冰冻里出走，让狂野的风，吹干千年流淌的诗篇。

静夜，我在远离泥土的修辞里，旋转一枚红叶，就像旋转你最初的目光。穿越荒凉，我把梦小心翼翼地装进你的行囊，然后，加快脚步，追逐你风雨兼程的行踪。

抓一把形容词给你，焐热你的掌心。我要用蓝色的火焰，浇灌你每一个春夏秋冬。

请你相信，我不是故意捏造一段抒情，在这伸手不见五指的暗夜，寻找我枯竭的灵感。

一键删除高大的词语，我重新修饰斑驳的身影，向着你灿烂的笑容，一点点飞去。

你是谁，为了谁，也许统统都是不堪一击的伪命题，如此浅显易懂的道理，却一次又一次重重地拨动我的心弦。

借一盏心灯，我已葱茏成一棵参天大树，绿荫下，我把你团团围住，让你不逃避，也不寂寞。

三

不是每一条河流都有故事。

故事的开始，都源于你清澈的目光，还有许多期待的日子。

书香茶韵里，平淡的日子在地平线上翻页，我竟没有细心静听茶语里的禅意。

蒙蒙细雨中，借一纸素笺遮风挡雨。那一缕圣洁而又充满诱惑的氤氲，墨守成规地长出一杯茶的纯洁和美丽。

琴声沿着墨香寻觅你的家园，也洞开你饱含情愫的心房。

我和你在一滴雨中挽着胳膊，所有的音乐都应邀成为背景，一袭浓妆和着职业的微笑，被定格在背景之外，几枚动词，依偎着故事里的含蓄。

小楼一角的萨克斯，选择了绿色的恋歌。跳荡的音符怀抱所有的缠绵，在一个精彩的瞬间登记，醉了一阕悠扬婉转的宋词。

隔着暮色苍茫，我掬一捧流萤走向你，仿佛走入一部旧时的经典。诗歌，是为你量身定做的围巾，沩风楚韵妩媚你未经风雨的容颜。

如果没有雨丝，轻盈的风刷新不了季节更替的音韵。野菊的心事，在寒风最后的宠幸里凋零，新的念想，站在冬天光秃秃的枝头，俨然火一样蓬勃。

如果没有一份灵魂的契合，一抹乡愁不会总在歌声里恋旧。待在你柔情的目光里，我不忍挣扎，敞开心门，任你的童韵装饰我的梦境。

我已经说过，今夜，我断然写不出动人的诗句。扬眉，回眸，都被留在记忆的深处，让一切等待依然是等待。

我们没有在你追我赶中相见，也没有在泪眼蒙眬中道别，相聚的时光，我只是手捧瓷杯，收集每一缕芬芳，每一滴甘露。

　　我已经决定，在我的诗散文里，增加最后一章，一个关于等待的命题。我要让一串颤抖的文字列队等待，腾空的烟花最后的璀璨。

你用风声迎接我

你用风声迎接我，一个熟悉的脚步，一个用坚毅与力量持续的轮回。

请你原谅我们在"漫步"这个词里相识已久，却从未在同一缕风中牵手或者别离。

晨风吹过旷野和漂泊，夕阳滑落疯狂与梦想，遗落的时光行走在每一个清晨与黄昏，我的脚步把一个又一个日子丈量。

直到我在心中喊出为了爱，直到你用微风吹干我的汗滴，一段朗诵唤醒一个世纪的长梦。

于是，我们一次又一次在盘根错节里不见不散。

也许，不可企及的遥远，可以把一个人强行拉成天涯，亲爱的，让我静下心来，倾听你在风中的喃喃诉说。

一个夏天并不长，在每一个露水晶莹着梦的晨曦，在每一个流萤美丽着天空的夜里，你的气息一阵又一阵沁人心脾。

我也曾试着拒绝风的摇曳，但化蝶的玫瑰，一次又一次飘动轻柔的裙裾，破译爱的密码，让旋转的世界，在一朵受伤的花瓣前惊慌失措。

我不敢接近你，尽管你如同一朵艳丽的花，曾经在阳光下为我盛开，在暗夜的风中为我飘香。我总是担心我的精气和血液，不能维系你的鲜活和娇羞。

　　思念走过一个季节，但还是那么楚楚动人，随一缕风，你站在江岸，你站在山巅，就是不站在我凝望的窗外。

　　我和你，咫尺天涯，任凭风声传递彼此的呼吸。夜夜紧闭心窗，可你还是在我的心中，我还是在你的梦里。

流星划过树梢

　　寂静。虚无。空无一物。

　　沉重的脚步，拒绝月光。香樟躲在温柔的角落里，偷看着鲜为人知的妩媚。

　　星星是一只遥远的手，弯曲，粗糙，浸满大地的律动。我用玫瑰的舌头屏蔽呼吸，让湿漉漉的思绪，穿梭在朦胧的夜色。

　　是谁，越过汹涌的山脉，掠过沉浮的莽莽苍穹，在萤火虫刹那的闪耀里，迅速燃起蓝色的火焰。我想，熊熊燃烧的极致，一定是高山流水的依依神韵。

　　天空很高调，低飞的夜鸟不时旋转有惊无险的翅膀。月光隐匿，虔诚的蚂蚁背着不屈的信念前行，光溜溜的石头，不再惊艳于一缕风的摇曳。

　　星星从不计较月缺月圆，陨落的山顶，那把粉红色的同心锁，注定逃脱不了时间的铁锈。今夜的落寞，流淌着千年的鼾声。

　　树欲静，风躺在语无伦次的枝头，开始浪迹天涯。只为找到那一片不忍离去的叶子，风一次又一次盘旋，追逐尘土。

　　流星划过，在风中扬起彩色的旗帜，所有的美丽都在我的眼前无尽地延伸。我的思绪，在婆娑的树影之外固执地飞翔。

　　这样的夜晚。这样的景象。我站在梦的高地，聚集人间所有的爱恋，让灵魂和一片落叶一同飘入水中，融入一条江流不息的奔腾。

今夜的月光

今夜的月光，被茂密的葱茏托起。带着安静，带着不同寻常的体温，在我的行走里，俯视不可触摸的一切。

夜鸟从月光下飞过，不留任何痕迹。我想，这样的夜晚，你一定会坚守在那一方净土，仰望星空。

皎洁铺盖的江面，是谁手持长笛，奏响一个季节的恋曲。留下江边漫步的人，踩着月光，也踩着自己的影子。

蝉声此起彼伏，在如水的洁白里，舒展银色的节奏。一片叶子从树枝上滑落，激起风的骚动。

错乱的时空，把所有的窗户紧闭。在月光的勾引下，一线光从门缝中出走，逃离的慌乱成为今夜的一粒叹词，无论安放在哪里，都不能直抒胸臆。

热浪一涨再涨，终于到了这个夏天的相对顶点。鸣蝉早已叫到嘶哑，疲倦的蛙鸣正偷偷翻开莲的经典，寻觅下一页红尘。

行走的月亮，带不走昨夜的誓言，日子挨着日子，直逼的真实无须彩排，每一天都是现场直播，精彩的章节不再虚拟。

月光如水，城市的边缘依然淡定。路边的小花还未开放，只好找一个借口融入乡村的哲理。最后掉下的一片树叶，如街灯下流浪的歌手，苍凉里写满忧伤。

大成散章（组章）

农耕文化博物馆

一个出生在大成桥的乡里伢子，成了湖南乃至全国的新闻人物。

一个普普通通的退休干部，在无官一身轻的时候，却风风火火地当上了馆长。

那条解放前众人捐置的渡船，还记得一位血气方刚的年轻人吗？曾几何时，他依依惜别这个渡口，大步走进了革命队伍。

从群众中来，到群众中去。谢国恩老人用他的一头白发做证。

1000 多个日子的辛劳，1000 多件"古董"的收集，积淀的是历史、经济与文化，澎湃的是一位老党员一颗一心向党的拳拳之心。

馆长没有办公室，三层大楼没有空闲，凝聚的都是满满的智慧。

雨过初晴，我掠过斑驳的船体，朝农耕博物馆的方向眺望，农耕之外，是农，是耕。

鹅山大坝

倾听，或者坚守，我其实并没有怎么在意弃于堤岸的那一叶风帆。可是，总有一种火焰燃烧于涨潮的江，总有一种回望凝神于锈蚀的锚。

阳光挂满枝头的时候，缥缥缈缈的思念如同拔节的嫩绿，把爱的绳索一次又一次拉长。不管是行走还是驻足，脑海里都会浮现出清晰的画面。

我不知道，被时间标注的距离，为什么在这个时候，还要以一声鸟鸣的锋利，隐隐刺痛我的心灵，迫使我的眼神无法与大坝两旁花红草绿的风景对视。

我不知道，一条江到底能有多宽，一面是凹陷的堤岸，另一面是孤寂的残舟，所有的信息，都屏蔽在风帆的褶皱之间，生硬如突兀的桅杆。悠悠岁月，疏远了袅袅渔歌。

刻骨的忧伤，都是曾经的河流。如今，隔着风声，远去的背影，提着不可小看的收获，掠过层层叠叠的幽蓝，从记忆里缓缓淡去。

逝去的帆影，不置可否的天空，空旷着浪潮翻滚的隐衷。那么多的鱼，纷纷游进肉眼难以抵达的水域，那是一条江从一而终的守望，那是大坝最后的泪痕。

一丛翠竹，是江岸隐约的可见。一枚石子，是潮痕凸现的怀想。一只孤鸟，是一首独行的诗行。我以一棵树的姿势与你相拥，避开涛的澎湃，触摸你倾听或者坚守的伤痕。

哦，我的鹄山大坝，我的㳆江。

鹄山村

行走在鹄山的路上，仿佛经历一段长征，时间与跋涉交替行进，经纬命运的全部纹理。

沿途的山水，田园，还有陌生人垂钓龙虾的打闹，都会深深地陷在心底。

江南有鹄山，江北也有鹄山。江北的鹄山因战国时期的名医扁鹊而风生水起，江南的鹊山因开发"土地银行"而远近闻名。

忽略时令与方言，这片土地静静地匍匐着，已经持续了千年万年。默默无语中，生长着庄稼，也生长着收获。

一个点，规定村庄的位置；一张图，规定土地的宿命。鹊山之上的星星是鹊山的，鹊山之上的月亮是鹊山的。相传连尧舜，耕作通古今，悠悠沩水，蜿蜒追逐着神秘鹊山的来世今生。

一棵草，是生命无可奈何的倔强；一滴水，是万物永不枯竭的源泉。我徜徉在鹊山巨大的怀抱里，干涸的心田顿时疯长出盈盈绿意，俯身聆听，到处都是荣也寂寂，枯也寂寂的诤言。

我索性乔装成局外人的模样，分不清东西南北，任阡陌交通，潺潺流水。一不小心，就触碰到了中国鹊山的荣光。

置身在这片尚未遭受工业屠戮的安宁净土，万物怡然，静静生长。粗粝的风景，绵延的是无边无际的幸福。

省去所有的寒暄，我把久违的乡情直接表白。我的故乡，也有这样的沃土，那棵不愿进城的香樟，常常在微风摇曳中自言自语，把厚重的伤痕吟成了奔腾不息的江河。

四月的雨

一

没有飘过清明的雨，不能完全叫作春雨。当然，我说的清明已经不仅仅是一个节气。

在风吹干的杜鹃花上，夕阳再一次重复。我不敢奢望，坐在明日的黄昏里，还能看见日落。

潮起潮落，眼前摇晃的，依然是那条深深浅浅的河流，还有河的两旁，伸向一座山和另一座山的小路。

一抹深绿，被隆起的山峰托起，让我来不及仰望天空，看那些捉摸不定的云朵。

我想，在这个多情的季节，一定会有一朵流云，化作相思的雨，让滴答的雨声，一声声如泣如诉。

二

多少岁月，深情凝成一瞬。就在这一瞬间，风与花香在错乱的时空中，完成了一个长长的吻。

一朵小花，开在无人问津的山野，面对一抔黄土，把芬芳的心事和盘托出。

花开花谢，年复一年。四季常青的松柏，柔软的绿色的光晕，早已组成威武雄壮的仪仗队。

一切都在意料之中，那些饱含深情的雨滴，先是打在花和叶片之上，然后，以俯首的姿势，滋润大地。

看，雨洗过的天空，澄明透亮。绿色覆盖的村庄，有淅淅沥沥的鸟鸣滴下。春天的路，不再泥泞。

三

每一次别离，都把一个梦留给昨天。梦中的辗转，都会停留在你的世界。

一条路，连着另一条路。路的尽头，是用时光编织的永恒。

穿过云，穿过雾，穿过荆棘，穿过风尘。那块最古老的石头上，已经看不清姓氏，而那块最新的石头上，还没有刻上名字。

黄土，裸露着春天的泪痕。在石头与石头之间，未了的情缘，已经构成另一个世界。

断肠处，散落乡野的花铺满村庄。不老的村庄，那些石头，那些黄土，是我们的来路，也是我们的归途。

桃花谷

是一声春雷，惊醒了桃花谷沉睡一冬的梦吗？

迎着三月的春风，在温暖的阳光里，在柔情鼓胀的枝头，桃花悄悄地开放了。

带着粉红色的回忆，你从《红楼梦》里款款走来，沐浴着汤泉神韵，你携林黛玉的温柔与憔悴，一起站在我的面前。

温泉如梦，桃花如梦，我忽然发现，一朵桃花就是一个蓄满爱恨情仇的女子，每一瓣花瓣，都是一段悲欢离合的情缘。

灰汤国际，是春天把我带到这里，湖光山色，亦如我此刻的心情，舞蹈飞扬。

远离城市的喧嚣，桃红映在姑娘的脸上，纯朴、自然，每一厢采撷，都是诗意的回归。

没有奔腾的江水，没有浩瀚的湖面，多情的小溪沿着春的指令，一汪深情，把江南的山色缠绵。

当我铺开稿纸，真真切切地写下花纸伞的时候，细密的雨丝果真飘了下来，桃花谷里，巧遇桃花雨，多情的文字没有理由不戛然而止。

这春雨，这淅淅沥沥的桃花雨。

春上柳梢

冬天很冷，我没有能够目睹柳在冬眠的阳光里谢幕。但我知道，冬的尽头就是春天。

当枯黄的柳叶，飘落江中，揉碎一冬的落寞与惆怅，春天的鸟儿，已经把爽朗的笑声荡漾在辽阔的江岸。

轻风吹拂，春的信息迅速在江的两岸传递，一江春水，处处都是柳的倒影。

我承认，今年春天我还是第一次来到江边，和流淌的江水一起，分享阳光，分享春风，分享快乐。虽然我知道，在我来之前，绝对已经有很多人沿河看柳，踏春寻绿。他们宁可省略缠绵的鸟语，拍岸的涛声，也要等着光秃秃的柳树上，枝条返青。

沐浴在三月的阳光里，感受柳梢上的春天，我算是碰上了难得的艳遇。飘在天空的每一枝摇摆，都在倾诉与江的情意。哪怕是沉寂了一冬的鱼儿，也是摆弄着各种姿势，与水中的垂柳尽情嬉戏。

那么多的人，凝望挂在枝头上的柳叶，总是想入非非。也许，在世间的万物里，只有柳叶与枝的缠绵，才能诠释生命里的悲欢离合。

雪花飞舞的时候，每一枚不肯落下的叶子，历经多少风口浪尖，也不忍离开一棵树。寒风吹起，深情的叶咬住它的树枝，倾情演绎着生离死别。

　　飘零的温度就是江水的温度，柳树常在江边，柳叶却没有归宿，柳树永远也决定不了柳叶的方向。

　　我站在缠绵的风中，凝望蓬勃的柳枝面向天涯展示芬芳的眼。脚下，是流淌的江水；心中，是凝结生命重量的文字。此刻，我触摸到的春阳是无比的温暖。

　　告别江边垂柳，春风已按住满目的忧伤，夕阳簇拥在垂柳背后，我听见柳叶掉进潮水中的深情呼唤。

　　我张开双臂，抱紧春天。天涯浩渺，柳絮还在挥手。江河，流水，百鸟，徜徉成一望无际的向往。

　　我收拢所有的思绪，一半是摇曳的柳枝，一半是诱人的春色。

为写作找个美好的理由

每个人写作都有他自己的理由。

在学校里念书，老师会告诉你，语文是百科之母，作文是语文课的精华，你必须认认真真地写作。走向社会，很多人会因为很多的理由迷上写作，有的甚至为写作搭上了一辈子。

高考落榜的时候，山里的孩子学一门手艺是当时最流行的差事，远在他乡那些寂寞孤独而漫长的日子里，是写作给予了我生活的信心和勇气，在那些乡村漆黑的夜晚，除了远处偶尔传来的一两声狗叫之外，一切都是寂静。那时候，一个村子里难得有一两部电视机，外地的学徒是根本不可能有机会去看电视的，我无处可走，也无人可以说话，只有待在那空荡荡的小屋里。残灯如豆，亦如我那无法捉摸的路途，摇摇摆摆，恍恍惚惚。我就乖乖地俯在它的跟前，让它照亮我那写在各种不同纸张上的歪歪斜斜的文字。

后来当代课教师也是，那是一个坐落在山间的乡办中学，离乡里的集镇足有两里路，一到了天黑，便无路可走，那时候"国家粮"还很流行，代课老师和正式老师也不便于平起平坐的长时间交流。于是，我除了备课、改作业，便是拼命地跑步、骑自行车，以证明青春的活力。但是，我始终没有忘记写作，也许，只有写作才能让我暂时地忘记那些艰辛和苦涩，给我带来一丝短暂的安宁和快慰。每每想起那所至今还能为自己赚来几声老师叫叫的学校，确实赋予我许多今生难以磨灭的印象。

也许是由于写作的缘故，在后来一次偶然的招考中，我就顺利地当上了乡镇干部，而且，说上班就上班了，不像现在，机关里进一个人太难了，简单的事情往往要搞得非常复杂。二十年的乡镇生涯，直接与老百姓打成一片，火热的生活，常常激发我创作的灵感，便没有任何理由停止写作了。

如今，生活在这个车水马龙的城市里，灯红酒绿，繁华似锦，远不是那偏僻的农家荒野，也不是那每个月要住二十五六晚的乡镇机关了。丰富多彩的生活却总是逃不脱写作的诱惑，如果一段时期不写点什么，朋友们就要问你几个为什么。早些天，把平日里积累的一些"胡说八道"整理一下发出去，立刻引来了铁哥们的关注，权且把这些东西就叫作散文吧。在我的印象里，写散文是最自由不过的了，因为，散文是指不讲究韵律的文章，是指除诗歌、戏剧、小说外的文学作品。词典里这个精明的定义，是用否定方式来表达的，它不说散文是什么，只是强调了什么不是散文……

早些天，单位里搞党员培训，请党建专家来授党课，我总结专家精彩的演讲，其实就是一篇富有哲理的散文，形散而神不散。戏剧的元素，诗歌的语言，小说的情境，随笔的理性都已经汇入了散文当中，那表述的习惯和材料的整合方式都是散文的，只不过与我们中学时代学习的样板散文有所不同罢了，难怪认真听的人还真不少。

我们这个时代不缺乏写作的素材，我们这座城市每一处细微的变化都在演译着精美的散文，我还得匿身在这个城市的某一个角落，为我的写作去找个美好的理由。比如说宁乡硕大的一个金洲开发区，置身先导区的前沿，几位老总都是曾经在一个锅里吃过饭的同事，在这片承载着宁乡人民梦想的热土上，我也曾经工作生活了六年，不去认真地为她写点什么能行吗?!

关山印象

十二年，在历史的长河中只不过是短暂的一瞬间，但对于见证一个地方的发展变化来说，也应该是相当漫长。

1998 年，一纸调令，把我从宁灰线上拉到全民，成为当时全县最年轻的党委书记，那一年，我三十一岁。

记得那时的全民，千军万马刚从高速公路和石长铁路的工地上下来，村民们正是思想活跃，新旧观念猛烈碰撞的时候。长常高速公路穿境十多公里，石长铁路设了一个二级车站，人心思变，人心思富，人心思发展。

党委政府如何面对新的形势，谋求新的发展，已经神圣地摆在每一位领导者的面前！我清楚地记得，当时党委政府人大班子成员中，有七名大乡小乡的乡长，七个乡长合唱一台发展戏成了当时的主题。

1999 年，我们响亮地提出了争夺全县十强的口号。

接下来，普通话搬进了干部会议室，普通话证书成了领取工资的凭证；建设一支高素质的干部队伍成为了党务工作压倒一切的中心；精简干部职数，提高办事效率，塑造良好的对外开放形象，在我的脑海里萦绕。很快，《关于村级干部离职、退休的有关规定》以党委的红头文件下发，换届选举工作顺利进行，97 名新任基层干部开始系统培训！

令我终生难忘的是，当年关山村党支部书记的选配。一个是现任的年富力强的女书记，一个是血气方刚的普通年轻党员。在那个人心思富如潮涌的年代，村班子的配备很快惊动了县委领导，乡党委认真进行专题研究，毅然决定关山的班子一事一议，特事特办。由乡财政解决现任村党支部书记退休待遇，落实养老保险；任命普通党员担任村党支部书记。

老书记的工作，由党委、人大、政府三个主要领导和党委组织委员负责，我自己亲自承担新老班子平稳过度的责任！新支部书记年龄和我一样大，尽管县里已经解放思想安排了他同龄的上级领导，但在当时的村级干部尤其是普通党员中，还是有很大的阻力，特别是新书记没有担任过村组领导，只是凭当时县委的一位领导推荐，那难度自然可想而知。

看准了的，形成决议了的事情，只能成功，不能失败。

那几天，我亲自走访了 50 多名党员，目的就是要把党委的意图变成党员的意志。由于工作细致，选举在有条不紊地照章进行，结果非常圆满。

在关山的历史上，第一位由普通党员当上的书记开始主持全村全面工作……

好想浪漫一回

　　好久没有写过文章了。杂乱无章的工作，没完没了的应酬，常常是把那一点点还来不及沉淀的灵气冲洗得无影无踪。正在满怀疲惫之际，接到了姜福成先生赴长沙参加市第七届作代会的通知，和办公室打个招呼，告诉他们不要随便打扰，丢开繁杂的工作，正好轻装上阵去浪漫一回。

　　早上6点，穿过东汊广场晨练的人群，花一元零钱径直乘上直达车站的18路公交车，汽车行进在宽阔的一环西路，新城区的景色尽收眼底，心情在无拘无束中放飞。下车找个小吃店，三下五除二地用完早餐，在太阳还来不及燎烤的晨风里，随便钻上一辆大巴便可一路悠哉游哉了。微风吹拂着你的面颊，你可以透过车窗观赏窗外的田园美景，也可以躺在座位上闭目养神，避开喧闹的城市，你什么都可以想，什么都可以不想。一个车厢就是一个浓缩的世界，雅兴来时，你可以随便找几个认识的或不认识的邻座天南海北地神聊……

　　走进作代会的会场，一种轻松感就自然而然地朝你袭来，百把人的会议放到足可以容纳400人的会议室里自然就显得很是夸张，代表们早早来到会场，三五成群地谈得很是亲热，这样的会议是无须对号入座的，倒是主席台上和其他会议似乎没有什么不同，整齐地摆放着一群作家头头的名字，只是这里的座次显然是不要严格区分什么行政级别的。大家凑在一块交头接耳，只有一种感觉，就是有说不完的话。

不知不觉中，会议已进行了好一阵子，工作报告作完以后，便是宣读候选人简历，听着听着，就可能听出两个厅级干部，当然更多的人并没有什么实质性头衔，从年龄来看，有的可能只有二十来岁，有的可能已年逾古稀，倒是没听清楚那位 85 岁视力衰退的作家进了候选人没有。因为作协是没有年龄限制的，在这样的会上，即使主持人把你的年龄念大上十岁，也不会对选举结果造成什么不良影响。

选举采取无记名投票实行等额选举，同意的可以不画符号，只有不同意的才画个记号，当然，也有若干空白留着另选他人。这种场合，体现得更多的可能是一种激情，组织意图可能早就已经体现过了，因为选举之前，市文联的负责同志还是像模像样地宣读了一份正式文件。当选的理事们稍一碰头，作家的头头们就一一出来了，代表们围成几桌，各方头头举起各形各色的酒杯象征性地碰一碰，会议就算圆满结束了。

接下来便是分团活动，硕大的宁乡团一次选出了两名副主席，自是高之兴之。凤葵副主席身兼数职，公务繁忙，同时又高就于"不每天去，不每天回"的这么一个单位，自然不便长时间打扰。福成副主席则是一个劲地要请客"打的"，想到来时乘巴士的惬意，也考虑十倍以上的价差，我还是婉言谢绝了姜老的客气，径直离开了宾馆。

走出枫林宾馆，顿觉热汗淋漓，长沙城区道路正在进行全面改造升级，刚刚破土动工的街道，在烈日燎烤下一览无余，变成巨大的赤裸伤口。看来顺利乘坐公交车的可能性是不大了，我痴痴地站在广场上发呆。手提电话响了，是办公室主任打过来的，面对电话那头那一大堆子工作，我想浪漫之旅也许该结束了。凝视着美丽的城市，遥望着奔流不息的湘江，此时此刻，我只能想，回家的路还会有多长……

好想骑自行车

由于出差，已经好久没骑自行车了。

花了差不多一万元买个自行车，为的是自己的身体，尤其是戒烟后这渐渐隆起的肚子。普通的单车已经激不起骑车的兴趣，难以坚持了！多花些钱，先把自己心痛一番，然后强迫自己锻炼，想是这么想的。

骑自行车锻炼其实很方便，你同样可以带上手机。这样既不影响工作又不影响交流，像我们这种技术，一只手操作绝对安全！从家里到办公室，再在市民广场上兜圈，累了渴了随时可以进办公室调节，顺便在下班以后掌握些办公室上班以外的基本情况。你说这工作，不管你怎么科学分工，都会存在苦乐不均的现象，有的人正常的上班时间都吃不饱，而有的人就不得不加班！这样，办公室就变成第二个家一样的。

我习惯于把办公室做家一样的打扮，这缘于20年如一日在乡镇政府机关那办公室兼卧室的套间。

"三月的阳光温柔地敲打着玻璃，风儿轻盈地撩起窗帘，吹绿我在镇政府这卧室兼办公室的套间。多么快呀，十一番寒暑，四千多个日日夜夜，我就要同这里挥手告别了……"你看，这是离开双江口时《告别双江》的景象，怎一个美字了得啊！

现在这城里的办公室，没有卧室的功能了，拿点地方出来停停自行车就刚好。

我就想，在抓干部教育的时候，纪委也送点东西给负责干部的办公室挂着，什么廉呀勤呀的，那效果可能还比不上停个自行车，这自行车就是自己工作几十年最好的回顾和总结嘛！想想那些艰难的岁月，哪一天你离得开自行车？一想起这些，你还有心思去贪还有心思去懒吗？

当然，骑自行车也有偶然和意外，在办公室顺便看看王开林先生的博客，他说的是 20 年前的一次车祸，而这次车祸的主人公偏偏就是骑自行车的姑娘。他说的是在风中的，城市的，大桥上的，穿裙子的，一手压裙子一手持把还不太熟练的姑娘，为了防止春光泄露而搭上了性命！开林先生说那裙子可能挂的空挡，我没有完全领会，王先生想要说的究竟是什么?!

20 年前是什么时代特征，我记忆时隐时现，那时 20 岁刚出头，正是如今这些不蛮骑自行车的人这么大，偏偏我们最喜欢的就是骑自行车。

天　空

　　大西北考察归来，一路上都叫我作家的团友们问我将会为这次考察写点什么。拿团长秦光国秘书长的话说，这次大西北考察是红色之旅、文化之旅、航天科技之旅、政务服务交流之旅。横跨五个省区，行程近万里，世界如此之大，我竟不知从何写起。

　　想起考察途中，一路欢歌笑语，一路阳光灿烂；一次次浮想联翩，一次次激情澎湃。不写点什么，终会遗憾不已，索性先写世界之大，写写天空。

　　天空是什么？匿身在县城小小的角落里，过去真还没有去认真思考过，直到这次考察，经历了难忘的"五飞"之后，我才慢慢琢磨起来。

　　11 月 16 日 16 点 20 分，当飞机从黄花机场腾空后，为期 10 天的考察就宣布正式开始了。我透过舷窗，如带的湘江掠身而过，江面上跳荡的波光一眨眼工夫就被抛在了脑后，带着深情的眷恋，我赶紧侧过身来，就只能依稀看见江面上那像漂着的小桥了。我想三千里湘江水，浩浩荡荡，可在万米高空俯瞰它时，却显得这样温柔而平静甚至毫不起眼。也许，只有居天庭之高，才显出地球之渺小，江河之有限，人生之无奈。在茫茫宇宙中，看来只有这苍茫无际、庄严肃穆的天空才具有无与伦比的神圣。置身在这个不可思议的世界里，尽管我旁边坐着省市气象部门的头头，但湛蓝的天空还是在我们的视线里变得不可捉摸。飞机越飞越高，机翼压着厚厚的云层，重重叠叠，相互簇拥，寂寥的天空任你张开想象的翅膀。宁静时，你可以说它是指点不尽的千里冰川；兴奋时，你可以说它是连绵不断的万里雪山……那些絮状的云，像亭亭玉立的少女也好，像慈祥的圣诞老人也好，像诗哲圣贤沉思的头颅也好，——陈列在天宫，去让你欣赏，让你膜拜。神秘得让你再出色的想象也显得苍白无力。

说来也怪，正当你展开想象的翅膀，陷入无限遐思的时候，空姐便提醒你，飞机已开始下降。随着机身的一阵颠簸，那曾被视为凝聚不动的云朵却一反常态，竟毫不留情地狂怒起来，奔腾着，呼啸着，搅得周天一团混沌。只有这个时候，你才会猛然醒悟，诗人们把寂寞长空看成冷冷的世界原本只是一种美丽的错觉。它冷酷的威严中同样孕育着令人惊讶的力量，这种力量排山倒海，势不可当，催人奋进！

飞机穿过云层，你恍惚的神经便开始慢慢清醒，寥廓长空给你舒展完海市蜃楼般的美丽之后，终于接近真真切切的大西北了。这时候，风和日丽，涌动着改革开放大潮的大西北开始显现在你眼底，茫茫戈壁飘逸着洁白的裙边，青海湖向天空投来亮丽的目光，一片片绿洲显耀它那充满生机的魅力，只有那白色飘带般的道路，让你不知它要通向何方。我将是首次降临于这片广袤的土地，这里将是长江、黄河的发源地，神奇的大自然一定会赐予我许许多多的惊喜。然而，我要感谢天空，是天空送我出远门，让我领略异域风情。如果不是天空赐给我一路吉祥，我能翻山越岭去享受人生的充实吗？我能沉醉于祖国的大好河山去欢呼去思索吗?！

在大西北 10 天，我不时遨游天空，不曾厌倦地去读天空这部神奇而又伟大的著作。读过之后，再去咀嚼那静静的湖泊，浩瀚的沙漠，流淌的江河，还有那和着祖国大西北开发强音的城市、乡村。我在想，我该怎样去拿起手中的笔，去为时代呐喊，去为祖国欢歌……

为什么而读书

　　西方有位哲人说，人生就像一条滚烫的环形跑道，只要一经踏上，就必须跑下去，或为了路边的一片绿荫，或为了那永远看不见的目的地，一直跑到死。与此类似的便是拉磨的驴：被蒙住眼睛，不停地围着磨道走，一直到走不动为止。其实说到底，人的命运未必比拉磨的驴子能够强多少。

　　如果你拥有一个工作单位，甚至还负一点什么责任，已经习惯地被称为什么负责干部，那每周的周一到周五，时间上的安排就注定只能围绕工作了。首先是服从上级的安排，最具体的便是参加会议，上级工作任务的分解，很多时候是通过会议形式，一周下来，参加三两次会议是非常正常的差事。其次是本单位的工作，周例会便是安排工作最好的方式，哪些工作亲自出面，认真落实；哪些工作负责安排，共同落实；哪些工作统筹布置，督查落实。再需要考虑的便是单位与单位之间的协调与沟通了。和谐社会需要和谐心境，如今的诸多事情，只有在大多数人形成共识的基础上，才能够真正做得好，不知不觉间，电梯里的踏脚板就会突然蹦出来一个星期五，你的第一感觉必须是，本周做了什么，做好了什么，还有哪些要做，哪些必须马上做。只有当日子稍微灿烂一点的时候，双休才是属于家庭和个人的了，你三下五除二料理好家事，便可独享一个人的清闲了。

　　这个周末有些特别，一大早，妻子便翻出一大堆文学书籍，围着火炉在漫不经心地晨读。随手打开一本文学杂志，久违的姜贻斌先生映入眼帘，在漂亮签名的前面，编者赫然加了"饮者"两个字，记得姜贻斌先生曾经说过，我的生活很简单，白天睡觉、写作、读书，晚上喝酒、聊天。姜贻斌是我天真地做着文学梦时的第一位老师，那时我在基层做乡干部，他在省城做文学编辑，先在《主人翁》，后来到《文化报》，书来信往，大多是给文章提点意见和建议，后来也顺便谈些生活和其他什么的。慢慢得知，姜老师也爱喝几杯酒，但他一个人在家里是从来不喝酒的，有了好酒，一定要和朋友们分享，他说好酒是一个人独吞不下的。

　　早些日子，宁乡一中的校门口赫然张贴着大幅标语，欢迎文学大师姜贻斌来校讲学，我就问在一中就读的儿子，姜贻斌究竟会哪一天来，他怎么就老是说不知道，给姜老师敬一杯好酒的机会就这么擦肩而过了。干我们这一行的，还不可能有文学大师那么潇洒，比如说我们还不敢随意地喝酒、聊天。酒场上的高人太多了，首先是酒量，更重要的是酒量之外的其他东西。记得早些年，欢送一名同事到外单位高就，几杯酒下肚，他便把"有话不能讲，有酒不能醉"的苦水一吐为快！虽然我知道，和酒朋友在一起很快乐，他们经常会告诉我一些十分感兴趣的东西，有些东西对我的触动很大，很多就直接成了我写作的素材。问题就在于很多人不爱写作，酒杯中的故事换成许多版本，以各种形式流传，一传十，十传百，好多美好的东西斗转星移就变调了，变味了。到头来，闹个什么笑话，落个什么骂名也不是不可能的事情。这种时候，你就不得不想起要戒酒，一直戒到某个非常特殊的时候，再又端起酒杯。循环往复酒场上也许就不再是天南海北的自由世界了，如果心存太多的顾忌，酒还能喝得那么尽兴吗？

　　于是乎，美好的憧憬就只能借助香烟了。点燃一支香烟，让思绪随烟圈缭绕，放飞你的心情。在办公桌换上花样，更换着你的烟灰缸，在烟雾缭绕中思考工作、思考人生，也在尼古丁的刺激下，慢慢地损伤着你的肌体，麻醉着你的神经，而在更多的公共场合，又不得不扼杀着你的人性，抑制着你的烟瘾。好多时候，人只有在集体里才能获得安全感，而更多的时候，你又恰恰会在集体里感到不安。

回想起来，连自己也搞不清楚，是什么原因使自己厌倦了写作，厌倦了写作中那种近于任性的自由，近于自由的魔法，近于魔法的爱恨，近于爱恨的死亡，近于死亡的寂寞……写作是自救与自娱的渠道，写作是午夜来袭时灵魂的倾诉，写作是以自己为主人公的童话，尽管它可能吊着一条非常残酷的尾巴。

宁静的双休，屋子里弥漫着悠闲的气息，梦和梦想在秘密的灵魂深处逃亡，唯有写作是可能呈现在公共面前的途径。

我铺开久违的稿纸，姜贻斌先生好像专门在对我说——阅读对于一个作家而言太重要了，不发狠读书怎么行呢？妻子还在漫不经心地阅读，她不是文人，怎么就那么爱读书呢？回想自己这些时间，下班之后就几乎不怎么读书写作了。人过四十，怎么就懒惰得这么无可救药了呢？